AQUARIUS

AQUARIUS

AQUARIUS

AQUARIUS

每個人心中都有一座島嶼，

藉文字呼息而靜謐，

Island，我們心靈的岸。

喔，威廉！

伊麗莎白・斯特勞特 Elizabeth Strout 著

葉佳怡 譯

Oh William!

國際媒體好評盛讚

「書中故事由美國人的各種心底衝動及人生交織而成，其中可以看見安・泰勒和約翰・厄普代克的影子。不過斯特勞特與眾不同的地方在於，她描述了人們內心深處的想法及各種感受中的細微之處……斯特勞特是最高明的一位說故事家，她為我們寫出了露西人生中讀來令人溫暖又開心的片段。」

——**《倫敦旗幟晚報》**（*Evening Standard*）

「『孤獨』和『背叛』是普立茲獎得主斯特勞特在寫作生涯中不停回顧的主題，在這部以主角為中心且深具啟發性的系列小說中，作者更是聚焦於這兩個主題……斯特勞特的角色內心充滿憂慮及各種情緒，而她常用簡約、真實的句子，節制地處理這些情緒……斯特勞特被比作海明威絕對不是毫無道理。就某些方面而言，她還超越了海明威。」

——**《出版者週刊》**（*Publishers Weekly*，星級評論）

「為了探討人類存有意義的一部精巧、睿智、動人，結尾又令人振奮的冥思之作。」

——**《書目雜誌》**（*Booklist*，星級評論）

「人們通常會說『好事成三』，而且這本以露西・巴頓為主角的最新小說確實像是完成了三部曲系列，但我能搶先提出要求嗎？我還想看到第四部、第五部，又或者任何有關的作品都好！斯特勞特的作品讀來實在太享受，而那種享受很簡單：你總能在閱讀時知道更多——但又同時——懂得更少。」

——**《觀察報》**（*The Observer*）

「斯特勞特創造出了一部探討創傷、記憶及婚姻的精采冥思之作——還談到我們為了不專注於痛苦經驗時可能採取的扭曲作法。」

——《i報》（*The i Paper*）

「精采而成功的小說，是針對愛、失落及他人的神祕進行細緻推敲的一部作品。」

——**《週日郵報》**（*Mail on Sunday*）

「每一頁都讓人充分感覺到親暱、脆弱又迫切的人性，讀了讓人不禁摒住呼吸。幾乎每句陳述都帶有天啟的力道。」

——**《華盛頓郵報》**（*The Washington Post*）

「讀者因為窺見了露西．巴頓最私密的思緒——更精確地說，是因為得以深入斯特勞特的作品——而感到安全。讀者會知道，帶領我們的是一個好作家。」

——**美國公共廣播電台**（NPR）

「這是一堂探討衰老及脆弱的大師課……溫柔提醒我們要在感情上對所愛之人大方，並在日常生活中盡可能以實際行動來陪伴彼此。」

——《**舊金山紀事報**》（*San Francisco Chronicle*）

「這部作品以精巧、憂傷的文筆，再次探索了斯特勞特的基本信條：『我們所有人都是謎。』」

——《**科克斯書評**》雜誌（*Kirkus Reviews*）

目錄

本書獻給我的丈夫，吉姆·提爾尼

另外獻給所有需要本書的人——這也是為你而寫

喔，威廉！

我想稍微說說第一任丈夫的事，他叫威廉。

威廉最近經歷了一些傷心事——我和很多他身邊的人都是——但我就是想提一提，幾乎算是非說不可吧，畢竟他都七十歲了。

我的第二任丈夫去年死了，他叫大衛。我為此感到悲痛，但也為威廉感到悲痛。悲痛真是——喔多麼孤獨的一件事啊，我想就是這種孤獨讓人覺得恐怖。那就像沿著一棟很高聳的玻璃建築外牆一路滑落，但無人瞧見。

不過我現在想談的是威廉。

他的全名是威廉·葛哈德，雖然當時已經不流行跟著丈夫改姓，我跟他結婚時還是改了他的姓。我的大學室友說，「露西，你要跟他姓？我還以為你是女性主義者。」我跟她說我不在乎自己是不是女性主義者了，還說我再也不想做自己了。當時的我已經厭倦做自己，而且這輩子都在努力擺脫自己——那時的我可是真心的——所以我決定跟他姓，並在此後十一年成為了露西．葛哈德，但其實感覺始終不太對勁。於是幾乎是他母親一過世，我就去監理站把駕照上的名字改了回來，不過手續比想像中困難，我還得回去取一些法院文件才能辦理，但總之我還是改了。

我再次成為了露西．巴頓。

我在離開威廉之前已跟他結婚近二十年。有兩個女兒的我們已經友善來往一陣子了——這要怎麼可能呢？我其實也不太確定原因。世間有很多恐怖的離婚故事，但我們的故事除了兩人確實分開之外一點也不恐怖。有時我以為兩人分開所帶給我和女兒的痛苦會讓我死去，但我沒死，我還活著，威廉也是。

身為小說家的我得把這段經歷寫得幾乎像是小說，但內容都是真的——我會盡我所能地接近真實。而且我想說——喔要知道怎麼談論這段過去多難啊！不過其中有關威廉的事都是他曾親口告訴我，或是我親眼見過的事。總之我會從威廉六十九歲那年講起，就是不到兩年之前。

插播說明：

最近威廉的實驗室助理開始叫他「愛因斯坦」，威廉似乎也很享受這稱號。我不覺得威廉像愛因斯坦，但我大概明白那女人的意思。威廉留了白色帶點灰色的濃密小鬍子，基本上都有好好修整，濃密的白髮會定期修剪成有點蓬鬆的髮型。不過他個子高，衣著又體面，在我看來也沒有愛因斯坦那種隱約帶點瘋狂的神情。威廉的臉上常籠罩著一抹堅忍內斂的愉悅氣息，外人很少能見到他笑到頭都往後仰，就連我都很久沒見過了。他的棕色眼睛始終很大。可不是每個人老了之後都能保持年輕時的一雙大眼，但威廉就是這樣。

回到現在——

威廉每天早上都會在他位於河濱大道的寬敞公寓中醒來。讓我們想像一下——他把一條包上深藍色被套的蓬鬆毯子推到一旁，下床走向浴室，此時他的妻子還在那張加大雙人床上睡著。每天早上起床的他總是全身僵硬，但一直有運動習慣的他就連剛起床也不例外。他會起床後走進客廳，躺在黑紅相間的地毯上，面對正上方的骨董吊燈，抬起雙腳模仿騎腳踏車的姿態划動，然後再用各種方法伸展雙腿。之後他會移到足以俯瞰哈德遜河的窗邊那張褐紅色大椅子上，用筆記型電腦讀新聞。之後睡眼惺忪的艾絲黛兒會走出臥室向他揮揮手，再去叫醒他們的十歲女兒布莉姬，然後三人會在威廉沖完澡之後，一起在廚房圍著圓桌吃早餐。威廉很享受這一系列的晨間行程，也很喜歡他女兒很愛聊天的個性。他曾說那種感覺就像是在聆聽鳥鳴。她的母親也很愛聊天。

他會在離開公寓後穿越中央公園，搭地鐵到下城，在第十四街下車後，走完通往紐約大學的最後一段路。他很享受每天走的這段路，不過也注意到自己走得沒有擠過他身邊的年輕人快了。那些年輕人或者手上拿著一袋袋食物，或者推著有兩個小孩的推車，又或者身穿萊卡緊身衣又戴著無線耳機，同時還把瑜伽墊用鬆緊繩掛在肩膀上。他會因為可以走路超過許多人而感到振奮——比如拿著步行輔助架的老先生、拿著枴杖的老太太，又或者只是一個跟他同年紀但看起來移動比他還慢的人——這樣讓他感覺自己既健康又有活力，而且在大家不停移動的世界中像是擁有金剛不壞之身。他對自己每天走路超過一萬步感到自豪。

我想說的是，威廉感覺自己（幾乎）像是擁有金剛不壞之身。

在進行晨間行走的某些日子裡，他會想，喔老天啊，我可能會變成那個男人！那個在中央公園的男人坐在晨光下的輪椅上，頭始終垂在胸口，一旁的看護正坐在長凳上打字。又或者我可能會變成那個傢伙！那個人有隻手臂因中風而扭曲，而且步履蹣跚——但之後威廉又會想，不，我跟那些人不一樣。

他確實跟那些人不一樣。正如我之前所說，他的個子很高，體重沒有因為年齡有絲毫增加（只有穿著衣服時可以看出肚子有點大），他沒有禿頭問題，頭髮雖然白了但很濃密，而且他就是——他就是威廉啊。而且他還有妻子，第三任了，年紀還比他小二十三歲。這可不是件容易的事。

●

但到了晚上，他常出現夜驚的狀況。

威廉在某天早上告訴了我這件事——大概不到兩年前吧——當時我們約在上東區九十一街和萊辛頓大道交叉口的一間餐館喝咖啡。威廉有很多錢，但大多都捐掉了，其中捐的一個機構就是我住處附近的青少年醫院。以前他要是一大早得去那裡開會，就會打電話跟我約在這個街角喝咖啡，而這天——當時是三月，距離威廉滿七十歲還有幾個月——我們就坐在這間餐館角落的一張桌子旁。餐館的窗玻璃上畫了用來慶祝聖派翠克節[1]的白花酢漿草。我心想——我真的有這麼想——威廉看起來比平常更累。我常覺得威廉隨著年齡增長而變得更好看，不只是濃密的白髮讓他看來更顯眼，年紀大了後決定留的稍長髮絲更是稍微蓬了起來，剛好跟他下垂的濃密小鬍子取得了平衡，此外儘管他的顴骨顯得更高，雙眼卻仍一樣深邃。另外有點怪的是，他總會專注望著你——那模樣真的很愉悅——但眼神又像時不時看穿了你。擺出那種表情的他究竟看穿了什麼呢？我始終不知道。

那天在餐館，當我問他「所以你好嗎？威廉？」時，我認定他會一如往常地用那種有點諷刺的語調回答，「有什麼好問？好到不行。謝啦露西。」但這天早上他只是說，「還行。」一身穿黑色長大衣的他坐下前先把大衣脫下，摺好後放在座位旁的椅子上。他的西裝自從認識艾絲黛兒之後，每一套都是訂製的，所以肩寬完美符合他的尺寸：那是套深灰色西裝，搭配淺藍色襯衫，再打上紅色領帶後讓他看起來很莊重。此刻的他跟以前常做的一樣，把雙臂環抱在胸前。「你看起來很不賴。」我說。他回答，「謝謝。」（在我們見面的這些年，我想威廉從未說過我看來很棒或很漂亮，就連「還不錯」都沒說過，但其實我一直很希望他這麼做。）他點好了我們的咖啡，用手輕扯自己的小鬍子，眼神一邊輕快掃過整個空間。他談了我們的女兒——他擔心我們的小女兒貝卡在生他的氣，

1 Saint Patrick's Day，三月十七日是聖派翠克的忌日，聖派翠克節在十七世紀初被定為正式的基督宗教節日。

因為有一天他只是想打電話跟她聊聊天，她卻表現得有些——就是若有似無地——不太開心。我說他只是需要給她一點空間，因為她還沒完全習慣婚姻這件事。我們就這樣談了一陣子，然後威廉看著我說，「小巴，跟你說件事。」他身體往前傾了一下又坐正。「我半夜的時候會夜驚發作。」

只要他用以前的暱稱叫我就代表他不像平常一樣心不在焉，我總在他那樣叫我時感到觸動。

我說，「你是指噩夢嗎？」

他歪頭的樣子似乎是在思考這個可能性，然後說，「不是。那種時候我醒著。一切都是在黑暗中向我襲來。」然後他又說，「我沒遇過這種事，但真的很嚇人，露西。我嚇壞了。」

威廉再次往前傾身放下咖啡杯。

我望著他問，「你最近吃的藥有不一樣嗎？」

他稍微面露不悅，說，「沒有。」

所以我說，「好吧，不然試著吃點安眠藥。」

但他說，「我從來不吃安眠藥。」我聽了也不驚訝。不過他說他妻子會吃。艾絲黛兒吃的藥種類很多，他根本已經放棄去搞懂她晚上必須吃什麼藥了。「我現在要吃我的藥囉。」她總會在興高采烈地這麼說之後半小時睡著。他不介意她吃藥，他說，但他不是會吃藥的那種人。不過他常會連續四小時睡不著，接著驚恐的感受通常會在此時襲來。

「跟我說說是什麼情況。」我說。

他說明時眼神只偶爾瞄向我，就彷彿還陷在那些夜驚發作的時刻。

其中一次的夜驚發作是這樣：相當難以描述，但跟他母親有關。他的母親——名字是凱瑟琳——好多、好多年前就過世了，他在這次夜驚發作時感覺到了她的存在，但當時感受到的不舒服令他驚訝，畢竟他一直都很愛她。威廉是獨生子，他一直很清楚母親對他（默默）懷抱的強大愛意。

當他清醒地躺在妻子身旁，試圖克服這類的夜驚發作時——我在那天聽見他跟我這樣說時覺得不太舒服——他會想起我。他會想起有我這個人活在這世上，而這個事實——就是我還活著——在那個當下讓他感到安慰。因為他知道若有必要，他一邊說一邊擺弄咖啡碟上的湯匙，就算他永遠不會在半夜這麼做，但要是他真的必須這麼做，他知道我會接他的電話。他說我的存在能為他帶來最強大的安慰，然後他就能因此重新入睡。

「你當然永遠可以打給我。」我說。威廉翻了個白眼。「我知道。我就是這個意思。」他說。

另一種夜驚發作是這樣：跟德國、還有他十四歲時過世的父親有關。威廉的父親是以戰俘的身分離開德國來到美國——二次世界大戰的時候——他被送去緬因州的馬鈴薯田工作後認識了威廉的母親，而她當時的丈夫正是名馬鈴薯農。這種夜驚是最糟的一種，因為威廉的父親曾為納粹陣營作戰，於是這段偶爾會在半夜來訪的過往總讓他夜驚發作，他能在眼前清楚看見那些集中營——我們之前去德國旅行時就看過——也會在夜驚發作時，看見那些人們在裡面被毒氣殺死的房間，因此被迫起床，移動到客廳開燈，坐在沙發上望向窗外的河水，而且此時就算想到我或其他事物都無法讓他克服恐懼。這種夜驚發作的頻率不像他母親那種那麼高，可是一旦出現就特別難應付。

還有一種夜驚：這種跟死亡有關的夜驚牽涉到離世的感覺。他可以感覺自己幾乎像是在離開這個世界，但不相信所謂來世的他有時會因此感到驚恐。這種時候的他通常有辦法待在床上，但有時還是會起身移動到客廳窗邊的褐紅色大椅子上讀書——他喜歡讀自傳——直到終於有辦法再次睡去為止。

「你這種情況有多久了？」我問。我們身處的餐館已營業多年，每天只要到那個時刻都擠滿了人。我們的咖啡送來後，已經陸續有服務生把四張新的紙餐巾扔到桌上了。

威廉似乎正盯著窗外一位老太太拄著附帶小座椅的步行輔助器走過。這位緩慢移動的老太太彎著腰，大衣在身後隨風飄動。「幾個月了吧，我想。」他說。

「毫無理由地開始發作嗎？」

他用那雙深色的眼珠子望向我，眼珠子上方的眉毛濃黑，「我想應該是。」他在安靜一陣子後，往後靠向椅背，「一定只是因為我年紀大了。」

「有可能。」我說，但其實並不確定是不是這樣。威廉對我來說始終是個謎——對我們的兩個女兒來說也是。我遲疑地開口，「你會想找專業人士談談看嗎？」

「老天啊，不要，」他的這個面向對我來說就不是個謎了。我早覺得他會這麼說。「但真的很可怕。」他又說。

「喔，菲利，」我用很久以前才會用的暱稱叫他。「真的很為你難過。」

「真希望我們那次沒去德國。」他說。他拿起其中一張紙餐巾擦了擦鼻子。然後往下摸向自己的小鬍子——他常常幾乎是反射性地這麼做。「我真的很希望我們沒去達浩集中營。我腦中一直浮現那些畫面——就是那些火葬場。」他快速看了我一眼，「你夠聰明，你就沒進去。」

我很驚訝。威廉竟然記得我在那年夏天的德國行程中沒進去任何毒氣室或火葬場。我沒進去是因為即便當時的我年少無知，也很清楚地知道自己絕不該進去，後來也就真的沒進去。威廉的母親在那趟旅行的前一年死了，我們把兩個分別為九歲和十歲的女兒送去為期兩週的夏令營後，搭機前往德國——我唯一的要求是希望兩人搭不同班機，我就是那麼害怕我們會一起死於墜機而導致女兒變成孤兒。當然後來我就明白這樣想有多傻，畢竟當德國高速公路上的許多車子從我們身邊呼嘯而過時，我就知道我們其實更可能死在這裡。我們去德國是為了盡可能尋找有關威廉已故父親的一切。正如我之前所說，威廉的父親在他十四歲時去世，他本來只是去切除腸子上的一塊息肉，但後來腸子被戳破，於是在麻薩諸塞州的一間醫院死於腹膜炎。我們之所以會在那年夏天去德國，是因為威廉在幾年前獲得一大筆錢。他的祖父在那場戰爭中賺了不少，威廉在三十五歲時透過信託基金拿到了那筆錢，這件事讓威廉非常沮喪，所以我們一起搭機去德國見那位年紀已經很大的老人和威廉的兩位姑姑，我感覺她們很有禮貌但態度冷淡。而那個老人，我是說有對眼神閃爍的小眼睛的那位祖父，我特別不喜歡他。那場旅行讓我們兩人都很不開心。

「你知道嗎？」我說，「我想這種睡眠問題會改善的，無論如何都會過去——總之不會有事。」

威廉再次望向我，「真正讓我困擾的是跟凱瑟琳有關的夜驚。我真搞不懂那是為什麼。」威廉總是用名字提起他母親，之前也是這樣當面稱呼她。我從不記得他有叫過她「媽」。威廉把紙餐巾放到桌上，站起來。「我得走了，」他說，「跟你見面總是很開心，小巴。」

我說，「威廉！你喝咖啡多久了？」

「好多年了。」他說。他彎腰親吻我時臉頰感覺很冰，小鬍子輕輕刮過我的臉頰。我轉頭看向窗外的他，快速往地鐵站走去的他姿態不如平常挺拔。看到這樣的他讓我有點心碎，但也習慣了這種心碎——畢竟我每次跟他見面後都有這種感覺。

威廉會在週間時去研究室工作。他是寄生蟲學家，之前在紐約大學教授微生物學多年。現在校方不但讓他保有那間研究室，還給他僱用一位學生當助理，不過他不再教課。他很驚訝地發現自己並不懷念教書——他最近這樣告訴我——原來直到不再教書之後，他才發現之前每次上臺的驚惶不安不是錯覺。

為什麼我會為此感到觸動？我猜是因為我從來不知道是這樣，而且就連他自己都不知道。

所以現在他每天早上十點去工作，下午四點才離開，他寫論文、做研究，指導在研究室工作的助理，只有偶爾——我想一年就幾次吧——會去研討會在其他同領域的研究者面前發表論文。

我們約在餐館見面之後，威廉發生了兩件事，我之後很快會談到。

不過讓我先稍微說明一下他的幾段婚姻：

首先是我，露西。

威廉之前是我的生物課助教，他當時是研究生，而我是在芝加哥附近一所大學的大二生。我們是這樣認識的。他當時——當然現在也還是啦——比我大七歲。

我的出身極度悲慘、貧窮。我多希望這段背景不是我們愛情故事的一部分，但情況就是如此。我來自伊利諾州中部一個住屋極小的家庭——在搬進那間真的很小的屋子之前，十一歲以前的我都住在一間車庫裡。我們還住在車庫的期間有間小型流動廁所可用，但通常是壞的，我父親總是因此怒氣沖天；另外還有間茅屋，但必須走一段田裡的路才能抵達。我母親跟我說過一個故事，她說有個男人被殺掉之後砍下頭，而那顆頭就被丟在某間茅屋裡。這個故事真是把我嚇死了，因此每次掀開那間茅房內的蓋子時，我總覺得會在坑裡看見男人的眼球，更何況我去茅屋時通常四下無人。不過冬天時要去那間廁所比較辛苦，所以我們還有一只尿壺。

我們住的地方位於綿延數英畝的玉米田和黃豆田中央，家裡還有一個哥哥和一個姊姊，爸媽在我們還小的時候都在家。不過我們住在車庫期間發生了一些很糟的事，後來搬進很小的屋子也沒有倖免。我寫過發生在那棟屋子裡的事，所以現在不想再寫了，但總之我們窮得很誇張。這段歷程我就簡單說吧：我們家從來沒有人讀到高中以上，但我在十七歲時拿到了芝加哥郊區那間大學的全額獎學金。開車送我去那間大學的是我的生涯輔導員奈許太太，她在八月底的一個週六早晨十點來把我送去了大學。

出發的前一天晚上，我問母親我該打包些什麼，她說，「我天殺的一點也不在乎你要打包什麼。」所以我從廚房水槽底下找出兩個雜貨店紙袋，拿了一個放在我爸卡車上的盒子，再把一些衣服丟進紙袋和盒子裡。隔天早上的九點半，我母親開車離家，我跑到屋外的長長泥土車道上追趕，「媽！媽咪！」但她還是開走了，然後在路口寫著「裁縫改衣」的手繪指示牌旁轉彎離去。我的哥哥和姊姊都不在家，我不記得他們去了哪。快到十點時，我開始往門口走，此時父親說，「需要的東西都有了嗎？露西？」我望向他，他的眼裡有淚，我說，「有，爹地。」但我根本不知道上大學需要帶什麼。父親擁抱我，他說，「我想我就待在屋子裡了。」我理解地說，「好，我去外面等。」我拿著裝了幾件衣服的雜貨店紙袋和盒子站在車道上，終於奈許太太的車開了過來。

我搭上了奈許太太的車。我的人生在那一刻改變了。喔，真的變了！

然後我認識了威廉。

不過我想在繼續講下去之前說一下：我還是會有極度受到驚嚇的時候。我想一定是年輕時發生的事讓我很容易害怕。舉例來說，我到現在還是幾乎每天傍晚都會感到害怕，平常偶爾也會因為覺得可能發生可怕的事而莫名恐懼。我剛認識威廉時不知道自己有這種狀況，因為一切感覺起來——喔，我猜我覺得我本來就是這種人。

不過在離開和威廉一起建立的婚姻後，我去看了一名和善的女精神科醫生，她第一次見面時問了很多問題，我也回答了，然後她把眼鏡架到額頭上，針對我的狀況給出了一個名字。「露西，你的情況是全面性的創傷後壓力症候群。」這個診斷就某方面而言幫助了我。我想說的是，命名這件事可以帶來很大的幫助。

我是在兩個女兒正要去讀大學時離開威廉的。我成了一名作家。我的意思是，雖然我一直是個作家，但那時才開始出版作品——啊其實我已經出版了一本書——我的意思是我那時開始出版了更多書。

瓊安。

我們的婚姻結束大約一年後，威廉跟一名偷情六年的女人結婚了，但也有可能不只六年，我也不知道。這個女人的名字是瓊安，她是我們大學以來的共同朋友。她的一切都跟我相反，我是說她個子很高，有一頭長長的黑髮，而且個性很安靜。不過她和威廉結婚後變得刻薄，他沒預料到會有這種改變（他最近才跟我說了這件事），原來是因為她覺得在當他情婦期間被迫放棄了生兒育女的機會——他們不是這樣說的，但我現在都這樣解釋——因此等他們終於進入婚姻後，儘管瓊安從我和威廉的女兒很小時就認識她們了，卻還是一天到晚因為她們而不開心。威廉很討厭跟瓊安一起去婚姻諮商，他覺得那個女心理師很聰明，但瓊安實在不太聰明，不過他在領悟這個道理之前就已經坐進那間諮商室了。他們兩人在諮商室內坐的灰色靠墊沙發樣貌淒涼，面對他們的女性則坐在一張旋轉椅上；整個空間內沒有自然光線，唯一的窗戶為了擋住足以讓人俯見的天井而掛了宣紙簾。他是到了這地方才真正了解了瓊安：她的才智其實很平庸，而他這些年來之所以受她吸引，只是因為她不是他的妻子，也就是我，露西。

他忍受了八星期的諮商。「你只是想要得不到的東西而已。」瓊安在兩人相處的最後幾晚這麼說了，她的語調沉靜，而他——他在我的想像畫面中總是雙手抱胸——什麼都沒說。那段婚姻維持了七年。

我恨她。瓊安那女人。我恨她。

●●

艾絲黛兒。

他的第三任結婚對象是個和善有禮（而且比他年輕很多）的女人，雖然他在兩人認識時不停強調不想再生孩子，最後卻還是跟她生了個孩子。艾絲黛兒向他告知懷孕時說，「你也沒去結紮輸精管啊。」他始終忘不了這句話。他是可以去結紮沒錯，但他沒有。他意識到她是計畫好要懷孕的，於是立刻去結紮了輸精管——而且沒告訴艾絲黛兒。等那個小女孩出生後，他發現比較老的父親有了年幼孩子時是這樣：他愛她，真的好愛她，尤其是在她還小的時候，當然還有她長大之後啦，總之光是看著她，就幾乎讓他無時無刻不想起和我生的兩個女兒。每次他聽說男人一旦有了兩個家庭——他認定自己是這種男人——就會花比較多時間和後來生的孩子相處，而年紀較大的孩子會因此痛恨後來出生的孩子之類的說法，他總會暗自覺得：哎呀，我可不是那種人。因為他和艾絲黛兒的女兒，布莉姬，有時會讓他打從心底緩緩滲出對前兩個女兒的懷舊之愛，這種感受幾乎要癱瘓他的靈魂，而當時他的兩個大女兒可都超過三十歲了。

他曾有幾次在白天出門時打電話給艾絲黛兒，卻把她叫成「露西」，艾絲黛兒聽了總是笑笑，沒有表示過任何不快。

我再見到威廉是在他的七十歲慶生會上，艾絲黛兒為他在兩人的公寓舉辦了一場派對。當時已經快要五月底，夜空清朗涼爽。我的丈夫大衛也受邀前往，但身為紐約愛樂大提琴家的他那晚有場演奏會，所以我是和兩個女兒一起去的。克麗希和貝卡也都帶了丈夫一起出席。我之前去過那間公寓兩次，一次是貝卡的訂婚派對，另一次是克麗希的生日派對，但我一直都不喜歡那裡。那間公寓很像洞穴，你必須真正走進去才能看見一個個房間陸續出現在眼前，總之很陰暗，而且就我的品味來說實在裝潢過頭。不過根據我的品味，世間的一切全都太過頭了。我也有認識其他出身貧窮的人，他們常會出於補償心態選擇把公寓打理得美輪美奐，但我跟大衛之前一起住的公寓——現在我也還住在那裡——就是個簡樸的空間。大衛也出身貧窮。

總之，艾絲黛兒來自紐約拉奇蒙特的有錢人家，她和威廉在這樣的差距下打造出了一個讓我暗自感到迷惘的「家」。那地方感覺不像一個家，只是許多空間的組合——一個又一個鋪了木頭地板的房間——地板都鋪上很不錯的地毯——另外出入口都有木製拉門，總之在我看來就是大量顏色很暗很暗的木料堆疊在一起，然後這裡有座吊燈、那裡又有座吊燈，另外還有間跟我們臥房一樣大的廚房——我是說，以紐約標準來看算是寬敞。廚房中有許多銀亮色的鉻製配件和不可能缺席的暗色木料，以及一些木製櫥櫃之類的。廚房內擺了張木製圓桌，餐廳則有另一張大上許多的木製長桌。屋內到處擺滿鏡子。我知道這些裝潢極為昂貴，窗邊那張褐紅色椅子也是巨大又浮誇，深棕色的沙發還附有天鵝絨靠墊。

我只是想說，我一直沒搞懂過這地方。

威廉舉辦生日派對的那天晚上，我在街角市集買了三束單枝的鬱金香帶去，回想起這件事讓我意識到，我們真的都會選自己喜愛的禮物去送人。公寓內擠滿了人，雖然沒有我想像的多卻已足以令我緊張，總之大概是類似緊張情緒。你先是跟某人聊天，然後又有個人來了，你只好打斷自己，卻在說話時看見他們的眼神開始在屋內游移——你就知道是怎麼回事了。這讓你壓力很大，但女孩們——我們的女兒——很好相處，我注意到她們對布莉姬也很好，這點讓我開心，畢竟她們在我面前提到她的態度並不總是很寬容，而我當然也會選擇站在她們那邊。她們會說她是個膚淺的蠢貨之類的話，但她只是個清楚自己長得漂亮的小女生，再加上家裡很有錢而已。這些都不是她的錯，每次我見到她時都會這樣提醒我自己。她不是我的親戚，但和我的女兒有血緣關係，所以反正就這樣了。

威廉在紐約大學有幾個年紀較大的男性同事，我在之前那些年間認識了他們其中一些人的妻子。認識她們沒什麼不好，但互動起來累人。其中有個多年前就認識威廉的女人名叫潘姆．卡爾森——他們待過同一間實驗室——我對這個認識很久的人算是有印象。她在派對上喝醉後抓住我聊個不停，期間不停談起她的第一任丈夫鮑勃．伯爾傑斯。她問我還記得他嗎？我說抱歉但不記得了。那天晚上潘姆打扮得很時髦，我永遠不可能有信心穿那種洋裝——但她沒有辜負那件極度貼身的無袖黑洋裝。那件洋裝低胸的程度很驚人，但她的手臂纖細，雖然應該跟我一樣是六十三歲卻似乎有在固定上健身房，喝醉後還能露出感性的一面。她對著站在有點距離外的丈夫點頭說她愛他，卻又說她發現自己總是想著鮑勃，然後問我會不會也這樣。我說，「有時候吧。」然後找了藉口離開。我覺得自己快要醉到開始跟潘姆認真聊起威廉了，畢竟喝醉的我總會特別想念他，只好為了避免出醜走向站在另一邊的貝卡。她輕揉我的手臂說，「嗨，媽咪。」艾絲黛兒舉杯敬酒，她穿了一件織了亮片的洋裝，洋裝從肩膀垂墜下來的弧線很漂亮。她是個迷人的女性，但我始終不喜歡那頭棕紅色的狂野髮絲。她舉杯敬酒時我心想：她說得真好啊。不過她本來就是個靠演技為生的女人嘛。

貝卡低聲說，「喔，媽，我得致敬酒詞了！」我說，「沒有，你不用啊。你哪來的想法？」

但之後克麗希致了敬酒詞，而且說得很好，雖然我不記得細節，但就算沒贏過艾絲黛兒也算是不分軒輊。我只記得她一度提及父親的職業，說他在工作上幫助過好多學生。克麗希跟她父親一樣個子很高，性格中有種冷靜自持，平常也總是表現得冷靜自持。貝卡望向我的棕色雙眼中有恐懼，她半是喃喃自語地說，「喔，媽咪。來吧。」然後她舉杯說，「我的敬酒詞就是我愛你。這就是我的敬酒詞：我愛你。」大家拍手，我擁抱她，克麗希走過來，然後她們——我想算是吧——一如往常地親密談笑。不過她們親密的樣子在我看來總有種近乎不自然的氛圍，兩人目前在布魯克林的住處也是相隔不遠不近的兩個街區。我和她們的丈夫多聊了幾分鐘，克麗希的丈夫在金融業工作，威廉和我每次想起這件事都覺得有點怪，但那只是因為威廉是個科學家、我又是作家，兩人都沒在金融產業認識任何人的緣故。克麗希的丈夫是個精明人，你可以從他的眼神看出來；貝卡的丈夫則是詩人，喔老天啊，那個可憐的傢伙，我覺得他就是個自我中心的人。威廉走了過來，我們自在聊了一陣子，他在有人把他喊走之前彎腰對我說，「謝謝你來，露西。你能來真好。」

我在跟威廉還是夫妻時，有時是真心地憎恨他。我能看出他透過愉快情緒表現出的距離感，還有那些微妙的小表情，說到底其實都是在拒絕我，而那會讓我的胸口隱隱壓著沉重的恐懼。不過真實情況比拒絕更糟，因為他在看似極度愉快的表象之下，其實就像青少年般易怒，總有種陰沉的餘火在他的靈魂中忽隱忽現。他內在的那個矮胖小男孩氣嘟嘟地噘著嘴，什麼事都怪罪別人——我常感覺到主要是怪我。他會把一些跟我們眼下生活無關的事怪罪到我頭上，甚至在一邊喊我「甜心」一邊為我泡咖啡後——那段時間的他從不喝咖啡，但每天早上會為我泡上一杯——他都用殉道者的姿態將咖啡擺到我面前。

真想要那杯蠢咖啡你就自己留著吧，有時我很想這樣大叫，我來泡自己的咖啡就好。

但我總是接下那杯咖啡，輕撫他的手，對他說「謝謝，甜心」，然後展開我們新的一天。

那天晚上我搭計程車穿越城市和中央公園回家，路上想的都是艾絲黛兒。她真的好漂亮，不但紅棕色的髮絲狂野、雙眼明亮，而且性格很好。威廉曾有一次跟我說她從不會沮喪，我想他這麼說是基於一種下意識的惡毒心態，因為我在我們的婚姻中常時不時地感到沮喪。但今晚我想，好吧，我很高興她從來不會沮喪。她在認識他時就是到處表演的舞臺劇演員，不過威廉只在跟她結婚後看過她的一場戲，那場外外百老匯[2]作品的名稱是《鋼鐵人之墓》。我、我的丈夫和威廉某晚一起去看了，不過當臺上的艾絲黛兒一言不發，雙眼彷彿在尋求誰的幫助般無法克制地望向臺下時，我簡直嚇傻了。那次之後

2 Off-off-Broadway，泛指紐約的一些規模比百老匯及外百老匯劇院更小的劇院，通常只有不到一百個座位。

她又參加了無數場試鏡，出發前總會在家裡寬大的客廳走來走去，練習扮演葛楚、海達．嘉布勒[3]或其他角色，就算最後沒成功拿到那些角色也仍情緒歡快。不過她還是有在做一些商業工作，其中一次的成果有在紐約當地的電視臺播放，她在那部廣告中談起了體味除去劑。「這個牌子適合我，」她說，然後眨眨眼，「我敢打賭，」——用手指向攝影機——「也會適合你。」

人們常說他們是迷人的一對。艾絲黛兒是個好母親，硬要挑毛病也只是做事有點散漫。威廉是這麼想的，我也一樣。布莉姬個性也有點散漫，再加上母女倆長得很像，大家似乎看了特別喜歡。某天——威廉告訴我的——她們剛離開格林威治村的一間服飾店，他就被她們走在人行道上時如此相似的談笑姿態給迷住了。艾絲黛兒看見他時誇張地招起手來，那是威廉絕不會做的事。她後來半開玩笑地抱怨，「妻子看到丈夫時都表現得這麼開心，當然也會希望他看到她能開心啊。」

最近我會坐在我的公寓望向窗外這座城市的美景——我們（我）坐擁很不錯的城市及東河景觀——可是每當望向城市的燈火及遠方的帝國大廈，我總會想起奈許太太，她是在開學那天開車載我去大學的生涯輔導員——喔我真愛她！她在我們驅車前往目的地的途中突然開下高速公路，停在一間購物中心旁，拍拍我的手臂，「下車、下車。」我們下車後走進購物中心，她一隻手搭住我的肩膀，並認真凝視我的雙眼說，「不用等到十年，露西，你就可以還錢給我了，懂嗎？」她為我買了一些衣服：不同顏色的長袖T恤、兩件裙子和兩件上衣，其中一件上衣是漂亮的鄉村風，另外讓我最愛她又難忘的是她為我買的內衣。她買了我這輩子見過最漂亮的內衣！還買了一條符合我尺寸的牛仔褲。甚至還有一個行李箱！那是一只鑲著紅邊的米黃色行李箱。她在我們回到車上時說，「我有個想法，不如把所有東西都裝進去吧。」她把行李箱放進打開的後車廂，掀開行李箱，用我見過最小的剪刀，體貼又小心地剪掉所有衣物的標價——然後把這些屬於我的衣物都裝進了行李箱。她為我這麼做了，這位奈許太太啊，但不到十年她就死於一場車禍，所以我始終沒還錢給她，但從未忘記她。（每次只要跟凱瑟琳去購物，我都會想到跟奈許太太度過的那一天。）我後來抵達大學時，半開玩笑地對奈許太太說，「我可以假裝你是我母親嗎？」她看起來很驚訝，但還是說，「當然可以，露西！」儘管我從未叫過

---

3 葛楚．史坦（Gertrude Stein，1874-1946）是著名的美國女作家，後來長居法國，是歐美現代主義文學及藝術浪潮的重要推手之一，作風前衛大膽。《海達．嘉布勒》（*Hedda Gabler*）則是挪威名劇作家亨利．易卜生（Henrik Ibsen）的劇作之一，女主角海達．嘉布勒剛新婚就對婚姻及人生感到無趣。

她一聲「媽」，但她跟我一起走進宿舍時對所有人都很親切，所以我想大家確實以為她就是我的母親。

我永遠會——喔，永遠！——我永遠會愛那個女人。

威廉幾星期後從研究室打電話來——他比較常在工作時打電話給我。他再次感謝我參加了他的生日派對。「你玩得開心嗎？」他問。我跟他說我有，另外還提起了我跟潘姆·卡爾森的對話，我說她很想聊第一任丈夫的事，就是叫鮑勃什麼什麼的那位。我一邊說話一邊望向東河，一艘後面有條拖船在推的巨大紅色平底駁船正從河上駛過。

「鮑勃·伯爾傑斯，」威廉說，「他是個好人。她離開他是因為他沒辦法生小孩。」

「他那時也跟你一起工作嗎？」

「沒有。他是公設辯護律師之類的。他的弟弟是吉姆·伯爾傑斯——記得威利·派克的案子嗎？替他辯護的就是他弟弟。」

「真的假的？」我說。威利·派克是一名遭控謀殺女友的靈魂樂歌手，吉姆·伯爾傑斯讓他獲判無罪。這個案子在很多年前鬧得很大，電視都有轉播，幾乎全國的人都很投入。我記得自己一直覺得威利・派克是無辜的，也始終認定吉姆・伯爾傑斯是個英雄。

我們又討論了幾分鐘。威廉又說了他以前說過的話：他說我是白痴才會相信威利・派克是無辜的。我沒跟他爭辯。

然後我突然問威廉，「你喜歡那場派對嗎？」

他停頓了一下，然後說，「算是喜歡吧。」

我說，「什麼意思？算是喜歡？艾絲黛兒可是大費周章地辦了那場派對。」

「她是請了外燴廚師來，露西。」

「那又怎樣？還是得有她才能辦起來啊。」那條平底駁船開得很快，我每次都對這種船的移動速度之快感到吃驚。那艘船吃水很淺，裡頭一定是空的，我可以看到船體下部的黑色區域有一大片浮在水面上。

「是、是，我知道。好啦，那場派對很棒。我得掛電話了。」

「小菲，」我說，「我就只想問你，現在晚上怎麼樣？你知道的，就是夜驚的問題？」

我從他說話的聲音知道，這才是他打來的原因。「喔，露西，」他說，「我昨晚發作了一次——嗯，大概是凌晨三點的時候。跟凱瑟琳有關——真的很怪，我沒辦法清楚描述。我是說，那種感覺就像她一直不肯離開。」他沉默了一下，然後說，「我在想我可能得吃藥，那種感覺愈來愈難熬了。」他又說，「就好像凱瑟琳在我身邊，我是說，她用某種方式存在著，那真的是——真的不太對勁啊，露西。」

「喔，菲利，」我說，「老天，我真遺憾。」

我們又聊了一下子，然後掛掉電話。

不過在威廉打來和我聊起派對之後，我才想起一件事：派對那天晚上，我曾為了把用過的玻璃杯放好走進他們家的廚房，也打算順道向艾絲黛兒道別，當時她就走在我前方沒幾步。廚房裡有個男人倚著流理臺，我見過他，他是她的一個朋友，我聽見艾絲黛兒低聲對他說，「你一定快無聊死了吧？」接著她轉身看見我，立刻驚呼，「喔，露西，怎麼又見到你了！真有意思！」那男人也說了一樣的話──他也是個劇場人，我一直覺得他是個不錯的傢伙──我和艾絲黛兒聊了一陣子，然後和她互吻臉頰後就離開了。我不喜歡她跟那男人講話的親暱語氣，其中暗示了──有很高的機率──她自己也覺得無聊，而我可不喜歡這樣。我猜我想說的是，當下我就是覺得心裡被刺了一下，不過後來就忘了，直到那通電話才又讓我想起來。

此外（我突然也想起了這件事），我帶去的鬱金香連包裝都沒拆就被放在廚房流理臺上。不過這點沒讓我特別困擾，畢竟那場派對有負責打點的花藝師，以為他們會需要街角市集買來的鬱金香是我蠢。

真正在我腦中徘徊不去的是艾絲黛兒說話的語氣。

我的丈夫在那年的初夏生病，十一月過世。目前我只有辦法說出這些。對了，我跟他的婚姻和我跟威廉的相當不同。

對了，我必須說：我丈夫的名字是大衛．亞伯姆森，而他是——喔，我該怎麼讓你知道他是什麼樣的人呢？畢竟他就是他！我們之前——我們真的真的——是天造地設的一對，這種說法老套到不行但是——喔，我真的說不下去了。

不過還有件事：在發現大衛生病還有他死去的時候，我第一個通知的人都是威廉。我想——但不是確切記得——我一定是說了類似「喔威廉，幫幫我」之類的話，因為他確實這麼做了。他為我丈夫找了另一個醫生，我真心相信那個醫生比較好，不過到了那個地步早就沒有醫生能幫上忙了。

然後威廉在他死去後，再次幫助了我。他幫我處理了一些繁瑣的行政事務——一個人死去時得處理的事實在太多了！比如必須停用很多張信用卡，還有銀行帳戶和一大堆電腦密碼——他還提醒我應該請克麗希去處理葬禮的事，這是個很聰明的決定。克麗希搞定了一切。

一開始的那幾個晚上是貝卡來家裡陪我，當時是她在代替我哭。她像是個被拋棄的孩子般哭了又哭。然後她撲倒在沙發上幾分鐘後說了些什麼——我根本聽不清楚——然後我們都笑了。她就是那樣，親愛的貝卡啊，她總是能逗我笑。不過後來她就得回家了，她確實該回家了。

大衛的葬禮辦在紐約的一間葬儀社——我對那段時間的認知和記憶無論是當時或現在都一片模糊——不過我確實記得貝卡在我耳邊低聲說，「爸說他其實希望能跟我們一起坐在這裡。」

「他這樣跟你說？」我轉身望向她，她嚴肅地點點頭。可憐的威廉，我心想。

可憐的威廉。

聖誕節快到了，艾絲黛兒打來問我要不要和他們一起過聖誕節。我說我很感激她願意邀請我，但沒關係，我打算跟女兒一起過。可是我才剛說出口就回想起來，貝卡曾說威廉很想在葬禮時跟我們一起坐在最前排，因此有那麼一瞬間我確實在想，威廉或許是想跟女兒和我一起過聖誕節，才問艾絲黛兒能不能邀請我們。可是他的聖誕節這些年來都是跟艾絲黛兒以及她的媽媽一起過的，另外當然還有布莉姬。艾絲黛兒的媽媽幾乎跟威廉差不多年紀。我記得貝卡曾說他們會為了過節布置一棵很大的聖誕樹，她還挖苦地說：就跟梅西百貨一樣充滿節慶氣氛呢。我聽了說，「竟然沒有薩克斯百貨那麼奢華嗎？」我們都笑了。他們晚上還會去住處附近的一場年度聖誕派對，威廉每年都很享受那場派對。

「我明白，」艾絲黛兒說，「不過露西，你要知道我們都掛念著你，好嗎？」

「謝謝你，」我說，「很謝謝你。」

「我們都知道，大衛走了一定讓你很難受。」她說，「喔露西，我真為你難過。」

「我沒事，」我說，「別擔心，但謝謝你，」我再次說，「真的很感謝你的關心。」

「好。」艾絲黛兒遲疑了一下。「好，」她又說了一次。「好吧，再見。」

所以新的一年又開始了。接著有兩件事以非常快的速度接連發生在威廉身上。不過讓我先談談另外幾件事。

威廉在一月時告訴我——他從研究室打電話來，我們當時已經先聊完了女兒的話題——他在聖誕節送了艾絲黛兒一只昂貴的花瓶，因為她之前在某間店裡看了很喜歡。可是她送他的禮物卻是一個族譜查詢網站的會員資格。我可以從他的語氣知道他對這份禮物很失望。威廉這人向來很重視禮物，我始終搞不懂為什麼。「這份禮物很聰明啊，」我說，「是很不錯的想法。」我說，「你對你母親的過去幾乎一無所知，威廉。查一查可能會有新發現。」我確實記得我說了這些話，但他只是說，「是啦，我想是吧。」這就是我眼中那個討人厭的威廉，那個藏在他傑出、宜人舉止表象之下的暴躁男孩，但我不在乎，反正他不是我的男人了。掛掉電話時我心想：感謝老天。我感謝的是他不再是我的男人。

不過，如果我沒在那場派對中走開，我就會跟潘姆．卡爾森那個女人說一件有關威廉的事：我們曾在大衛過世的前幾年，為了他外甥的婚禮去了賓州。大衛小時候是在芝加哥的郊區長大，他生長自哈西迪教的猶太家庭，但在十九歲時離開了那個社群。其實他應該算是被那個社群的人流放了，是直到最近妹妹跟他聯絡後才又重新跟家人來往，所以我跟她也不熟。她對我來說就是個陌生人，畢竟事實上也是如此。我們搭火車過去，他的妹妹開車來接我們，之後三人一起花了半小時穿越黑暗，抵達一間荒郊野地的旅館。我們抵達的前一晚有下雪，我坐在車子後座盯著窗外的大片黑暗流動而過，每隔很久才會看見一棟房子，偶爾還會看見不同店面——其中一間掛了「永久停業」的招牌——另外還有一些看起來像倉庫的地方。我的心變得好沉重，因為眼前的一切都讓我想起威廉以及我們讀大學時的年輕歲月。當時我們會從芝加哥一路往西，穿越黑暗去拜訪他的母親，而路途上的場景就跟此刻差不多：一片片有在下雪的荒涼地帶。不過當時跟他在一起好快樂，我們真的好親暱。我之前說過威廉沒有兄弟姊妹——而當時我也算是沒有——而在賓州的那天晚上，我跟當時的丈夫還有他妹妹驅車穿越夜晚時，內心就湧現了那段溫暖舒適的回憶。威廉和我曾擁有自己的世界，我還記得有一次我們打算開車回東部，他在路上說我可以把桃核丟出窗外，但不知為何我選擇往他那邊的窗戶丟。他正在開車，桃核打到他的臉，我記得我們笑個不停，彷彿那是史上最好笑的事。然後又過了幾年，我們開車前往麻州的牛頓去探望他母親，後座的兩個年幼女兒被塞在各自的汽車座椅裡，當時那種溫暖舒適的氛圍也還在。可是在賓州那晚的汽車後座，隨著我們開過一英畝又一英畝的雪地，我隱約聽見丈夫和妹妹小聲談起他們的童年，窗外出現了「**被車撞了嗎？致電ＨＨＲ**」的大看板又消失時，我在心中暗自想的卻是：威廉是唯一能讓我感覺安全的人。他是我唯一擁有過的家。

如果在派對上沒有走開，我就會告訴潘姆・卡爾森這件事。

關於我的婆婆凱瑟琳，我想說的是這件事：

一開始跟威廉訂婚時，她興奮地問了我一件事，那可說是她問過我的第一個問題。當時她在電話中問，「你願意叫我『媽』嗎？」我說，「我會試試看。」但我始終做不到。我只有辦法叫她凱瑟琳，而威廉也是這麼叫的。凱瑟琳・柯爾是她婚前的名字，威廉有時也會眼神閃爍、語調又有點諷刺地這樣叫她。「凱瑟琳・柯爾，你最近又打算亂搞些什麼啊？」

我們愛她。喔，我們多愛她啊，她就像我們婚姻的核心。她活力四射，臉上的表情幾乎總是光彩耀人。我的一個大學同學才第一次見到她就跟我說，「在我見過的人當中，凱瑟琳幾乎是我最快就能喜歡上的人。」

我覺得她的房子很了不起，那棟房子跟附近其他一些房子位於麻州牛頓市一條綠蔭扶疏的街道上。第一次見到那棟屋子時，陽光從廚房窗戶灑入，空間很大的廚房內有張白桌子，每個角落都光潔明亮。廚房的流理臺面是白色的，水槽上方的其中一個窗邊架擺了一朵巨大的非洲紫羅蘭，閃爍著銀光的弧形水龍頭從水槽內長長地延伸出來。我以為自己根本是走進了天堂。凱瑟琳房子的所有地方都很乾淨，而且客廳的光潔木地板是蜂蜜的顏色，臥房窗簾是漿挺的白色。我從沒想過自己可能擁有這種生活，就是沒有過這種想法，可是她是這樣生活的！說真的，我的震驚難以平復。

●

不過，有件事我得說說：

我在之前的一本書寫過這件事，但我想我需要多解釋一點。我一開始認識威廉時就聽說他母親跟緬因州的馬鈴薯農夫結過婚，當時我心想——畢竟我不認識任何緬因州的馬鈴薯農夫嘛——她應該很窮才對，但情況並非如此。凱瑟琳的第一任丈夫是馬鈴薯農夫克萊德．特雷斯克，他是一位將農場經營得有聲有色的政治家，曾在緬因州擔任共和黨州議員多年。至於凱瑟琳的第二任丈夫，也就是威廉的父親，他在戰後來到美國後成為一位土木工程師，所以凱瑟琳一點也不窮。我一見到她就對她家的高雅氛圍感到驚訝。我想她後來是成功躋身了社會中較上流的階層。不過話說回來，我始終沒真正搞懂美國的社會階層是怎麼回事，因為我來自非常底層，而來自底層的人永遠不可能真正擺脫底層。我的意思是，我從未真正將我的出身和貧窮拋到腦後。我想我應該是這個意思。

不過我第一次見到凱瑟琳時，她就把我介紹給她的朋友，還把一隻手搭在我的手臂上，語氣輕柔地對朋友說，「這是露西。露西出身貧寒。」我在前一本書就這麼寫過。

●
●

凱瑟琳家的客廳有張顏色接近柳橙的長沙發，如果我們沒讓她知道我們要前去拜訪，偶爾就會看見她舒展身體躺在沙發上。我們有時就會這樣無預警出現，因為威廉喜歡給她驚喜。「喔！喔！」她會一邊這麼說一邊慌張爬起身，「來抱一下吧。」我們會過去抱她，然後她會把我帶去廚房吃點食物，過程中不停說話、不停問我們過得如何，還會告訴威廉該剪頭髮了。「你真是個好看的男孩，」她會用手勾住他的下巴這樣說，「為什麼不能讓我們把你看得更清楚一點呢？剃掉小鬍子吧。」她就是光彩的化身，大多時候都是，真的很偶爾才會悶悶不樂，而每當悶悶不樂時她就會幾乎像是自嘲地說，「喔，我有點小低潮呢。」此時威廉會說她有時就會這樣，不用擔心。不過她就算悶悶不樂也還是會不停地親切問起你的生活，假如知道一些你朋友的名字也會問候他們。「瓊安還好嗎？」我記得她曾這麼問，「她找到人嫁了嗎？」然後她對我眨眨眼，「瓊安有點陰沉吧，那傢伙。」

她會坐在桌旁看我們吃點心。「跟我聊聊一切吧！」她會這樣說，而我們也會跟她聊起一切。我們跟她聊我們在紐約的生活，跟她說樓下鄰居的妻子比他年輕很多而且似乎不喜歡他。我告訴她那個老男人某天在樓梯間攔住我，硬要我親他才讓我過去。「露西！」她說，「太糟糕了！你再也別親他囉！」我跟她說我當時別無選擇，她說，「不，你可以不用這麼做。」我說只是親一下臉頰而已啦，不過感覺還是很怪。「當然怪啊！」她一邊搖搖頭一邊撫摸我的手臂。「露西、露西，」她說，「喔我親愛的孩子啊。」然後她轉向威廉說，「你人又在哪裡？年輕人？你妻子都被別人騷擾了啊。」威廉聳聳肩。他對自己的母親總是這種半開玩笑的無禮態度。

凱瑟琳會幫我買衣服，通常買的都是她自己喜歡的衣服，但有時也會讓我買自己喜歡的，比如一件用來搭配牛仔褲的條紋襯衣，還有我很愛的一件低腰線藍白洋裝。有一次她想幫我買雙白色平底便鞋。「你穿了保證上癮。」她說。我拜託她別買，因為我永遠不會穿那種鞋。那根本是她自己想穿的鞋，我心裡這樣想但沒說出口，總之最後她沒買。

不過在威廉和我結婚幾個月後，她丟掉一件我花了五美金在舊貨店買來的大衣，我很愛那件大衣的寬大袖口還有在我走路時擺動的樣子。我是真的很喜歡那件海軍藍大衣，我覺得那就是我要的風格，但凱瑟琳某天帶我去買了件新大衣，之後就把那件丟掉了。我不記得有親眼看見她丟掉，只記得她在我問大衣在哪時笑著說她丟了。「你已經有那件很好的新大衣了。」她說。

對我來說好笑的是——我說的是很有趣的那種好笑——她為我買新大衣的那間店其實並不是特別高檔的店。我在搞懂不同店面的差異前，幾年都不知道這件事，但那間店幾乎都是沒什麼錢的人在去的。我們家在我年輕時從沒去過這種店，但那是因為我們幾乎什麼店都不去。不過我的婆婆並不是沒錢，她有錢的原因之一是丈夫（威廉的父親）威漢爾姆·葛哈德成為土木工程師後，留給了她一大筆壽險金，而她在他死掉時就領到了這筆錢。幾年後她又拿到了房地產執照，在很好的地段賣了許多房子，所以變得真的很有錢。我的話就說到這裡了。

她曾把穿過的睡袍送給我。那些白色刺繡睡袍的品質都很好。我都有穿。

現在回想起來，我了解威廉半夜因為凱瑟琳而夜驚發作時，為何會為了尋求安慰想起我。那是因為——除了凱瑟琳過世時，我們那兩個分別為八歲和九歲的孩子之外——我是這世上唯一還認識他母親的人了。瓊安不算，她在和他離婚後就搬去了南方。她始終沒有再婚，我想應該一直沒有，但也不太確定。

很早以前——當時威廉和我還沒結婚——凱瑟琳曾在某天要我跟她談談我的家庭，我才張開口，眼淚就流了下來。「我沒辦法。」她從她坐的那張椅子上移動到我旁邊那張柳橙色沙發上，伸出雙臂環抱住我，說，「喔，露西。」她一邊反覆這麼說，一邊輕揉我的手臂和背部，還讓我的臉緊貼住她的脖子。「喔，露西。」

那天她對我說，「我有時也會沮喪。」我好驚奇，因為我沒認識過任何人會這樣說，我指的是成年人——而她卻能輕易說出口——然後她又抱了我一下。我始終記得這件事。她總能表現出那種親切。

凱瑟琳身上的味道總是很好。她有特定使用的香水，那就是她的氣味，我後來也是因此而開始噴特定香水——不過不是她用的那種——並因此有了自己的氣味。我幾乎可以無休無止地購買自己氣味的身體乳液。

那個討人喜歡的女精神科醫生某天聳聳肩對我說，「那是因為你覺得自己很臭。」

她說得沒錯。

我的姊姊、哥哥和我三人幾乎每天都會在學校遊樂場被別人這麼說。他們會一邊捏著鼻子跑開，一邊說，「你們家的人都臭死了。」

在威廉滿七十一歲之前，克麗希跟我說她懷孕了。我感到一陣狂喜。自從大衛死後，我就不知道自己還能擁有這種感覺。威廉和我在電話上談起這件事——要有個孫子了啊！——他似乎挺高興的，不過沒我那麼狂喜。他這人就是這樣，我的意思是說他天性如此。不過克麗希在兩週後流產了。那天清晨她從家裡打給我大喊「媽！」由於她立刻就要去看醫生，所以我直接前往布魯克林——我搭了地鐵，因為清晨時最快抵達那裡的方式就是搭地鐵——我去了診間再去她家，然後我們一起躺在沙發上。她在沙發上哭泣。喔，我都不知道克麗希可以哭成這樣，她——比我還高的一個人啊——把頭靠在我胸前躺著，直到哭泣聲逐漸緩慢下來。她丈夫剛剛也有去診間，但此刻同樣在家的他決定留我們兩人在客廳獨處。我沒有跟她說她會再懷孕的，我不認為那是她現在需要聽到的話。我只是抱著她，伸手溫柔地把頭髮從她臉上撥開。「媽，」她望著我說，「如果是女兒，我本來打算取名為露西。」

我不敢相信，「真的嗎？」她揉揉鼻子，點頭，然後說，「對，真的。」

我繼續撫摸她的髮絲。然後克麗希說，「不知為何，我覺得很羞愧。」

我說，「為什麼羞愧？克麗希？」

她說，「流產。就是，我的身體為什麼不能正常運作？」

「喔，寶貝，」我說，「寶貝，太多女人都流產過。流產可能反而代表你的身體有在正常運作。」

「這樣啊。」她沉默了一陣子後說，「我沒有這樣想過。」她像個小孩子一樣依偎在我身邊，我繼續撫摸她的髮絲。

然後她終於坐起身說，「我知道大衛過世讓你很不好過。」

我說，「謝謝你，寶貝。但別擔心，我沒事。」

此時同樣在哭的貝卡走進了公寓，貝卡很愛哭。克麗希笑著說，「好啦，現在別哭了。」我留下來吃午餐，吃完後，我認為克麗希已經好多了，再加上她的丈夫和貝卡也有留下來一起用餐，所以我說，「好啦，各位，我要走了，我愛你們。」他們說，「再見啦，媽，我們愛你——」他們在我們每次道別時都會這麼說。

我走在人行道上時心想，我母親從來沒對我說過「我愛你」，然後又想到克麗希本來打算把寶寶命名為「露西」的事。她愛我啊！我的女兒！光是明白這件事就讓我驚訝。事實上我根本是大感驚奇。

我搭地鐵回家時坐在一個看似平靜的女子旁邊，她身邊帶著一個年幼的男孩。我望著他們兩人，我知道她愛這個孩子。不知道她有沒有流產過？如果有，曾為此感到羞愧嗎？她看似冷靜自制，令人讚嘆，那種冷靜的特質也延續到了小男孩身上。他手上有本寫著「幼兒園學前班」的小小練習本，而那個女人——我猜應該就是他母親——此刻正極有耐心地拼出「橘色」、「黑色」和「紅色」的英文單字，讓他在書裡找出相應的顏色。

我在那天下午打電話給威廉，他說克麗希有打電話通知他那個消息，但他的反應恐怕不太對。「我說別擔心，她一定會再懷孕的，而她說，爸，老天啊，你只能說出這種話嗎？可是大家不都這樣說嗎？我才剛失去了一個孫子啊！」然後威廉對我說，「不過那其實還不算個孩子嘛。為什麼她要為難我？」我嘗試向威廉解釋，對克麗希來說那其實已經算是她的孩子了。我幾乎要說她本來計畫如果是個女孩要取名為露西的，但基於某種理由沒說出口。我們掛掉了電話。

克麗希的眼淚讓我想到很多事。貝卡的眼淚也是。

在我很小的時候，如果我的哥哥、姊姊或我哭了，我們的爸媽會立刻勃然大怒，但其實就算我們沒在哭他們也很常生氣，尤其是我母親。要是我們當中真有人哭了，他們幾乎每次都會在對我們宣洩怒氣時失去理智。我以前寫過這件事，但之所以又在此提起是因為幾年前，有個我認識的女人說曾有修女說她擁有「流淚的天賦」，而貝卡就擁有這項天賦，就連克麗希在有必要時也能施展這份天賦，但對我來說，哭泣往往很困難。我的意思是，我當然還是會哭，可是會在哭的過程中感到害怕。威廉很清楚如何應付這種情況，每次我哭得很厲害時都以為他會嚇到，但他從來不會。我跟大衛在一起時，就不會像前一段婚姻那樣哭得像個孩子般喘不過氣了。不過大衛過世之後，有時我會坐在床邊的地板上——就是床和窗戶之間的地板——像個孩子一樣哭得既激烈又駭人。我總是擔心——畢竟身為住在公寓大樓裡的人——有人會聽見我的哭聲。我可不常那樣哭。

我在威廉的七十一歲生日那天下午傳簡訊給他：生日快樂啊，你這老傢伙。沒多久後我的手機響了，他從工作的地方打來。我說，「你好嗎？威廉？」他說，「我不知道。」我們稍微聊了一下女兒的事——克麗希似乎正在想辦法熬過失落的情緒——然後他告訴我，艾絲黛兒早上向他坦承沒幫他買生日禮物，但真的只是因為之前都在忙著應付布莉姬還有她的各種麻煩事，反正要是他有想要什麼就直接告訴她。所以我說，「布莉姬怎麼了？」威廉說她在學校有場演奏會，可是她真的很討厭學長笛，艾絲黛兒卻想要她再堅持一年。他的說明還是無法讓我搞清楚布莉姬發生了什麼事（或許他也一樣），但總之我還是說，「好吧，我明白。至於禮物，反正結婚久了也沒差吧。你有想要什麼嗎？」然後我心想，喔威廉，這話題趕快結束吧，你未免太幼稚了。我心裡真是這樣想的。老天啊，我心想，你真的很像小朋友。

我們很快就掛掉了電話。

但還有這件事：

多年前還跟威廉在一起時，我曾因為第一本書的出版在華盛頓特區有場活動，我不記得活動內容了，只記得我是獨自去參加——我確定我被那場活動嚇壞了，畢竟那時候的我只要遇到這類場面都很害怕——但我現在想說的是：天氣在我回家的路上變糟了，暴雨不停落下，風也吹個不停，我只能坐在很快就擠滿人的機場地板上等待，身邊坐著一對來自康乃狄克州的年輕夫妻。那位妻子很漂亮，模樣冷酷，丈夫則含蓄又親切。重點是：我隨著夜色漸深變得愈來愈害怕，只要一有機會用公用電話就打給威廉——這時候已經有一大堆人在排隊打電話了——他則在想辦法幫我找過夜的旅館。他打電話問了好幾個在華盛頓認識的人，但大家都無計可施，我們只能等到天氣變好。這一切真的讓我嚇壞了。不過那個來自康乃狄克州的漂亮女人有（當時）非常新潮的手機，我看見她拿出手機致電火車站，然後和丈夫決定嘗試搭火車去紐約，於是決定問可不可以跟他們一起去，他們說好。我想跟他們一起走，主要是不想獨自在塞滿人的巨大機場中過夜。我們搭了計程車前往火車站，火車沒剩多少位子了，但我還是成功搭上了火車。我還記得在太陽升起時望著窗外的紐澤西，內心充滿得以回家的感激之情。對於能夠回到紐約的家，那個有著我丈夫和女兒的家，我真的、真的心存感激。我永遠不會忘記那種感覺。我真的好愛他們每個人——喔，我就是這樣無可救藥地愛著他們。

所以也是發生過這種事。

然後威廉發生了兩件事。

我聽說的第一件事發生在五月底的一個星期六。當時距離大衛得知自己生病正好過了一年，因此當威廉打電話給我時，我（愚蠢地）以為他是為此打來，還驚喜又感動地想：沒想到他竟然這麼清楚地記得這個日期啊。我說，「喔，菲利，謝謝你打來。」他說，「什麼？」然後我說這是大衛確診的週年紀念日，他聽了說，「喔，老天。露西，我很抱歉，」我說，「不，沒事的。你打來有什麼事？跟我說說吧。」於是他說，「喔，露西，我改天再打來吧。沒什麼急事。」我說，「何必改天呢？就現在說吧。」

所以威廉跟我說了。那天早上他上了艾絲黛兒幫他訂閱的族譜網站，於是打來跟我報告結果——他的語氣就像在跟我討論一場剛看過的有趣網球比賽。

他的發現如下：

他的母親在威廉出生前有過一個孩子，孩子的爸是她的第一任丈夫克萊德．特雷斯克，就是那個緬因州的馬鈴薯農夫。

這個孩子比威廉大兩歲，網站指出她的婚前姓名是婁伊思・特雷斯克。這個婁伊思後來的孩子則是出生在緬因州的霍爾頓，就在凱瑟琳和第一任丈夫克萊德・特雷斯克的住處附近。根據出生證明的記載，凱瑟琳・柯爾・特雷斯克是婁伊思的母親，克萊德・特雷斯克是她的父親。克萊德・特雷斯克在婁伊思兩歲時再婚，網站上也有這次的結婚證書。威廉找不到婁伊思的死亡證明，只找到她在一九六九年的結婚證書，上面記載的名字是婁伊思・Bubar——「我去查了發音，Bubar的讀音是布巴爾。」威廉語帶嘲諷地說——這份結婚證書上還記載了她的孩子和孫子的姓名。她的丈夫已在五年前有了死亡證明。

威廉問我有什麼想法，然後態度幾乎像是順道一提地說，「太荒唐了。當然荒唐，這不可能是真的。我敢打賭這種網站一定充滿各種錯誤資訊。」

我起身移動到另一張椅子上。我請他帶我再次登入那個我一無所知的網站。他照做了，而在聆聽他指示的同時——我真的有認真在聽——我感覺背脊一陣發涼。「露西？」他說。

過了一陣子之後，我說，「我想這些都是真的，威廉。」

「不可能，」他堅定地說，「天哪，露西。凱瑟琳絕不可能丟下一個孩子不管，就算她這麼做了——但這是不可能的啦——她也一定會跟別人說。」

「你為什麼這麼有把握？」

「因為這種地方就是這樣，他們會讓你掉入陷阱，然後——」

「什麼地方？」我問。

他說，「就是這些蠢到不行的網站。」

我翻了個白眼，當然他沒看見。「喔小菲，拜託，別說了。他們不可能去捏造出生證明。她之前有過孩子！」

「我打算再調查一下。」威廉冷靜地說。

他掛掉了電話。

我大聲說，「你這白痴。凱瑟琳還有一個孩子！」我很吃驚，但仔細想想又覺得異常合理。

我們結婚前的一整年幾乎都待在威廉的公寓裡。我雖然沒住在那裡，但其實也跟定居在那裡沒兩樣。我們當時很快樂。我是說我很快樂，而且很確定他也一樣。我會嘗試為兩人煮飯，但其實我對食物幾乎一無所知，我還記得他對此大感不解，但仍表現得十分寬容。他的住處有電視，我在成長過程的家中可是從來沒有電視。我們每天晚上都會一起看約翰·卡森的《今夜秀》。我是到當時才知道這個節目的存在。我們每天晚上都會一起坐在他家的沙發上看。

我記得他在那年為我讀了一本書。那是一本為了大孩子寫的童書，他小時候很喜歡——內容是一個男孩如何虛構了自己的人生——他每天晚上睡前會躺在床上為我讀上幾頁，而我那時會直接被對威廉的渴望淹沒。假如他在關燈後沒有伸手摸向我——大多時候他都有——我就會感到恐懼及失落。我就是那麼地渴望他。

我們的婚禮辦在一間鄉村俱樂部，威廉的母親曾是這個俱樂部的成員。婚禮規模很小，來參加的只有我們的一些大學朋友和他母親的朋友。婚禮開始前的一小時——我的家長和兄姊沒來參加，事實上，在我把這場婚禮的消息告訴他們之後，他們甚至沒送來隻字片語——我在俱樂部二樓著裝準備時，開始有了一種奇怪的感覺，那種感覺很難形容，但就是覺得發生的事都不太像真的。之後下樓站在威廉及治安法官身旁時，我在兩人交換婚姻誓詞的橋段幾乎開不了口。威廉以充滿愛及包容的眼神看著我，彷彿打算以此幫助我走過難關。不過那種感覺始終沒有消失。

婚禮結束，我們轉身，此時我看見他的母親無比開心地在拍手，或許——我不確定——或許我當下實在太想念我的母親了，又或許我一直都很想念她，我不知道，總之我剛剛描述的那種感覺始終沒有消失。在婚禮後的小型婚宴上，我一直覺得自己只有軀殼在場，我想說的是身邊的一切都跟我維持著一段距離，就彷彿我被從現場移除掉了。那天晚上在旅館時，我沒有像往常一樣將自己盡情奉獻給丈夫，因為那種感覺仍揮之不去。

事實是：那種感覺從未消失。

我是說沒有全部消失。這種感覺在我們的婚姻中始終存在——時強時弱——而且感覺真的很糟。我無法向他或甚至向自己描述那種感覺，那就是時刻縈繞在我身邊的一種私密、靜默的恐怖感受，我夜晚躺在床上時會因此無法像之前一樣跟他親密，就算想努力不被他發現但終究無法隱瞞。每當我回想起婚前他沒向我索求親密會讓我多絕望，我就能明白他在我們的婚姻中經歷了什麼：他一定覺得很受羞辱又迷惘。這種情況似乎無計可施，事實上也沒人試圖改善，因為我無法談論我的感受，威廉也因此變得不開心，開始在小地方封閉自己。我可以看出情勢如此發展，但我們仍只是埋頭繼續過生活。

我在克麗希剛出生時非常害怕，因為完全不知該如何照顧嬰兒，那時凱瑟琳來我們這裡住了兩星期。「出去、出去，」她在第一週時這麼跟我們說，「你們倆一起去吃頓晚餐吧。」根據我的回憶，她似乎有點強勢地主導了照顧嬰兒的工作——還有照顧我們的工作。所以我們出門吃了晚餐，但我還是惶惶不安，就在那天晚上，自從寶寶出生後就寡言到驚人的威廉對我說，「其實，露西，如果出生的是個男孩，我會比較高興。」

我感覺有些什麼深深沉入我的體內，我沒做出任何回應。

但我始終記得這件事。當時我心想：好吧，至少他誠實說出了他的想法。

不過我想說的是，我們在當時就已經常像這樣對彼此感到驚訝及失望了。

我無法停止去想凱瑟琳。我不確定自己為何確信她有另一個孩子，但我就是知道她有。我還記得她抱著還是嬰兒的克麗希的樣子，畢竟正如我之前所說，她在第一次來看孩子時掌管了一切照顧工作。但現在回想起來，我隱約記得還有幾次——都是之後的事了——抱著克麗希的凱瑟琳臉上浮現某種恐懼。現在回想起來就容易了，但回憶中的那分恐懼無論如何都是真實的。她對貝卡也很關愛，但有時會古怪地保持距離。真難想像她抱著我們兩個小女兒時都在想些什麼啊！

我還記得她很少提起自己的過去，真的非常、非常少。我知道她有一個哥哥，但她每次提起時都會不屑地搖搖頭，「喔，那傢伙毛病可多了。」那個哥哥多年前死於一場火車平交道的意外。不過每次提起那位種馬鈴薯的前夫時，她總會說些貶低他的話，像是「不討人喜歡」，還說他們從未愛過彼此。她跟他結婚時只有十八歲，後來是跟那位德國戰俘一起搬到麻州後才上了大學。那位戰俘就是威廉的父親。

威廉的父親名叫威漢爾姆·葛哈德（不過他剛來到美國定居時的名字也是威廉）。我們對凱瑟琳和威漢爾姆認識的故事都很熟悉了。威漢爾姆是在那座農場工作的十二位戰俘之一，每天都會有卡車把他們從霍爾頓當地機場附近的營房載過來。自從他們來到這裡之後，凱瑟琳大約每個月會送一次甜甜圈來，他們可以帶著甜甜圈和午餐一起去馬鈴薯倉庫旁邊吃。她說那些男人配給到的食物根本不夠，而威漢爾姆偷瞄她的方式總讓她全身輕顫，她指的是讓人享受的那種輕顫。

不過接下來才是讓凱瑟琳無可救藥地——喔真的是無可救藥地——愛上威漢爾姆的場景。馬鈴薯農夫克萊德．特雷斯克的客廳有架鋼琴，那是他母親彈過的鋼琴。她在凱瑟琳和克萊德快要結婚時死了，之後那架老舊的直立式鋼琴就一直擺在客廳。凱瑟琳說某天她丈夫不在家——他因為州議會的工作去了奧古斯塔，雖然當時不是會期，他們仍有場會議要開——而威漢爾姆走進了她家屋子。凱瑟琳嚇了一大跳，但他對她微笑，拿下頭上戴的棒球帽，走進客廳後，坐到鋼琴前彈奏。

凱瑟琳就是在此時瘋狂地愛上了他，她的愛意覆水難收。她說她從未聽過比威漢爾姆彈奏得更優美的樂音，那時候是夏天，窗戶半開，微風捲起窗簾又讓窗簾輕柔擺盪，而他就坐在那裡彈琴。她後來才知道他彈的是布拉姆斯。他彈了又彈，彈奏時只抬頭瞄了她一兩次，然後他起身向她微微一鞠躬——他是個擁有暗金色頭髮的高大男子——走過她身邊後重新回到屋外的田野中。她透過窗戶望向他，他因為捲起袖子展示出了強壯的手臂，衣服背面有大大的黑色字母寫著「ＰＯＷ」（戰俘），下半身則是戰俘穿的老舊長褲，腳上套著靴子。她在他走過田野時望著他的背影，那是個挺直身體向前走的高大男人。他途中有轉頭一次，就一下子而已，臉上還露出了微笑，不過她站在窗簾邊的位置，距離他很遠，所以確定他沒發現她在看他。

每次只要跟我們說起這個故事，凱瑟琳的眼神就會變得非常悠遠。你可以看出她正在看著腦中的回憶畫面：那個男人走進她家，脫下帽子，坐在鋼琴前開始彈奏。「就是那時候，」然後她又回到我們所在的現實。「就是那時候。」

我不知道他們到底是怎麼偷偷戀愛的，她從未提起這部分。不過顯然威漢爾姆懂一點英文，這點並不常見，凱瑟琳表示大多數戰俘的英文都不好。不過她跟我們說過她離開馬鈴薯農丈夫那天的故事。那時距離她上次見到威漢爾姆過了一年。威漢爾姆因為戰爭結束而被送了回去，一開始是先被送到英格蘭進行六個月的補償工作——他得幫助清理戰爭在那裡造成的損害——之後才又回到了德國。他們彼此通信。我不知道她那位種馬鈴薯的丈夫有沒有發現那些信，但她說過自己每天都會走去郵局看有沒有威漢爾姆寄來的信，導致緬因州那間小郵局的局長開始對她起了疑心。這些都是她自己說的。她還說在最後一封信中——威漢爾姆的前一封來信表示他正在麻州——她跟他說會搭早上五點在波士頓北站進站的火車，信中也一定有指出明確日期。當時是十一月，地上的雪已經積了將近一英尺深——她去寄信時很怕局長不願寄出，但他非寄不可，她心想，而他顯然也這麼做了。她說她一直等到丈夫的姊姊來訪後才出發，因為希望這位種馬鈴薯的丈夫發現她離家時身邊有人陪伴。我總是對此感到震驚。

除了這個故事之外，我對凱瑟琳的過去幾乎一無所知。她每次都只會在我問起她的童年時搖搖頭。「喔，總之不太好，」某次她這麼說，「但還過得去啦。」她再也沒回去過緬因州。

我又等了一星期才打電話給威廉，當時在研究室的他聽起來心煩意亂。我問他，「你有查到什麼了嗎？」他說，「喔，露西，都是些沒用的資訊，根本沒什麼好查。」我問他艾絲黛兒怎麼說，他遲疑了一下才說，「你是指什麼事？」

「就是你母親有另一個孩子的事。」我說。「露西，我們不確定她真的有另一個孩子。」他這麼回答，但我還是問他艾絲黛兒怎麼說，他沉默了一下子後說，「她也知道不可能有那種事。」

我掛電話時意識到威廉在說謊，但到底是哪部分在說謊？我不確定，不過他的語氣中有絲不誠實的氣息，我覺得我捕捉到了。我決定不再為了這件事打給他。

喔我好想念大衛啊！我真的好想念他，不可置信地想念他。我想到他很清楚我有多愛鬱金香，還有他總是——總是——會買鬱金香回我們公寓，就算是鬱金香的季節過了，他也還是會去附近花店為我帶一些回來。

在我年紀還小時，如果我、我的姊姊或哥哥說了謊，或者我們明明沒有但爸媽覺得我們有說謊時，我們會被用肥皂洗嘴巴。這在那棟屋子裡根本算不上什麼糟糕事，所以我才會在這裡提起。說謊的人不管是誰都得平躺在狹小客廳的地板上——就假設說謊的是我姊姊薇姬吧——而另外兩個小孩（就現在的例子而言是我哥和我）的其中一個會被要求抓緊她的兩隻手臂，另一個抓緊她的雙腿。然後我母親會走進廚房拿洗碗布、到浴室用肥皂刷那塊布，再要薇姬吐出舌頭，用那塊布刷她的舌頭，直到她作嘔為止。

隨著年紀增長，我發現我父母讓另外兩個小孩參與懲罰是一種無意識的傑出手法，這種　跟那棟屋子裡發生的其他事一樣，都可以分化我們的感情。

每次輪到我躺在地板上時我都不會掙扎，不像我那可憐的哥哥會在這種時候表現得非常驚恐，也不像我那可憐的姊姊總是異常憤怒。我就是躺在那裡，閉上雙眼。

請嘗試理解：

我總覺得如果世界是一片軟木公布欄，每個活過的人都是插在上面的一根大頭針，只不過沒有人能找到代表我的大頭針。

我想說的是，我覺得自己像個隱形人。那是一種潛藏在心底的感受，很難描述。我真的無法解釋，只能說——喔，我不知道該怎麼說！真的，只能說我好像不存在，我猜這是我能力範圍內最接近的說法了：我感覺我在這個世界上並不存在。當然，這裡反映出的問題也可能只是我成長的屋子裡沒有鏡子，只有廁所洗手臺上的高處有面很小的鏡子。我真的不知道我在說什麼。只能說在心底的最深處，我始終覺得自己像個隱形人。

來談談我困在華盛頓特區機場時，幫助我搭火車回紐約的那對情侶吧：之後沒過多久，他們因為在報紙上看見我的照片而出現在康乃狄克的一場朗讀會。那名女子臉上堆滿燦笑，對待我的態度比起在機場時親切多了，而那是因為——我認為啦——現在她認為我算是個有分量的人，而不是那晚在機場跟著她逃難的瑟縮傢伙。我總是記得她在朗讀會判若兩人的樣子。我的書反應很好，那天圖書館塞滿了我的讀者。我猜她一定是對此感到佩服。

她不可能知道的是，即便當我站在那些人面前朗讀並回答問題時，我仍然無法言喻地——但又是非常真實地——覺得自己是個隱形人。

每年的七月和八月，艾絲黛兒和威廉總會去長島最東端的蒙托克租房子度假。

凱瑟琳過世後，威廉和我曾有幾年會跟兩個女兒在八月時去蒙托克待上一星期。我們會投宿當地的小旅館，沿小徑穿越高草地抵達對街的沙灘，把大大的沙灘巾鋪在地上，再將大陽傘插進沙子裡。我喜歡沙灘，我喜歡海，我會凝視著海心想，這畫面跟密西根湖有多像啊。但其實一點也不像。那可是海啊！不過在那裡度過的時光總讓我心情複雜。

威廉非常喜歡蒙托克，但我記得他去那裡時常表現得很疏離，就連跟孩子相處時也不例外。有一次女兒年紀還小，我們卻得花大把時間等威廉在餐廳裡吃完一大盆蒸蚌，我記得我望著他把蚌鼻上的黑色表層剝除，用桌上灰杯子裡的水浸洗蚌肉；他始終沒說話，兩個女兒則躁動不安，一下子爬上我的大腿，一下子又到處亂晃，甚至跑到其他桌客人附近。「把女兒帶出去。」他對我說，我照做了，但他還是花了彷彿天長地久的時間才吃完。我還記得有次我們開車從蒙托克回到紐約市，他也是一句話都沒說。

自從我們的婚姻結束後，我就再也沒去過蒙托克。

可是啊可是。

威廉和艾絲黛兒在那裡租了間房子。布莉姬會在他們住那裡的時候去麻州西部參加營隊，她本人顯然也很喜歡這樣。威廉每週只會進城工作幾天，艾絲黛兒則是一直待在蒙托克，兩人週末在那裡時總是很愉快。我之所以知道這些，主要是因為克麗希和貝卡也會去那裡住上幾天，有時她們兩人各自去，有時一起去。貝卡說那棟房子有很多大窗戶，克麗希則說他們招待的都是些「極度討人厭的傢伙。我猜都是劇場人吧。」我是複述她的原話。不過話說回來，克麗希畢竟是美國公民自由聯盟[4]的律師，她的丈夫還是金融業的人。兩個女孩都說艾絲黛兒花了好多時間在做菜，聽起來真累人。我就始終不愛做菜。

發生在威廉身上的第二件事：

七月初的某一天，那天是個星期二，威廉打電話來，「露西，你可以來一趟嗎？」

「去哪？」我問。

「來我公寓。」

「我以為你在蒙托克，」我說，「你還好嗎？」

「現在來一趟，可以嗎？拜託？」

所以我離開了我的公寓。那天真的很熱，是會讓人在紐約寸步難行的天氣，空氣中的熱氣極度厚重。我搭上計程車，前往威廉位於河濱大道的住處。門房對我說，「直接上去吧，他在等你。」

我在搭電梯時非常擔心，其實打從威廉打給我開始就擔心了，但門房的態度讓我更擔心了。我走出電梯，進入通往他們公寓的走廊，敲門，威廉大喊，「門沒關。」我走了進去。

---

4 美國公民自由聯盟（American Civil Liberties Union）創立於一九二〇年，是總部位於紐約的一個非營利組織，目標為「捍衛並維護在這個國家中，由美國憲法及法律所保障每個人擁有的個體權利及自由」。

坐在沙發前地板上的威廉襯衫很皺，就連牛仔褲也是髒的。他沒穿鞋，腳上只有襪子。「露西。」他說，「露西，我不敢相信。」

一開始我以為是他家遭了小偷，因為家裡感覺少了很多東西。

但真正的情況是這樣：

威廉去舊金山的一場會議發表論文。他認為那篇論文沒有獲得大家的重視及回饋，而且現場觀眾也都發現了。他覺得會議結束後的招待會中那些認識多年的男男女女都對他很好，但只有一個男人提起他的論文，而且覺得對方這麼做只是出於禮貌。他在回程的航班上想：他的研究生涯算是結束了。

就在他踏進大樓入口時——當時是週六的下午三點左右——門房盯著威廉的表情相當嚴肅。這位門房點點頭說，「哈囉，葛哈德先生。」威廉有注意到他的招呼，但只說了「午安」。他在這裡住了快十五年卻還是不記得所有門房的名字，而這位門房正是威廉不記得名字的其中一位。威廉用鑰匙打開公寓大門時立刻就發現一切不一樣了，家裡的空間似乎變得更寬敞，一開始他以為（就像我剛走進去時一樣）有小偷來過。不過地板上——他還差點踩到——有一張艾絲黛兒的手寫字條，那是張不大不小的紙。威廉把字條從他坐著的地板上遞給我，他說，「你留著吧。」我坐在沙發上讀那張字條，上面寫著（我確實留下了那張字條）：

寶貝，很抱歉用這種方式這麼做！我真的很抱歉，寶貝。但我已經搬出去了——我目前在蒙托克，但在格林威治村有棟公寓。你想什麼時候跟布莉姬見面都可以。別擔心贍養費的事，我不需要。我真的很抱歉，威廉。我不怪你（但你**確實**常讓人覺得人在心不在）。但你是個好人。你只是有時感覺很遙遠。我是說真的很常這樣。我很抱歉沒有事先讓你知道，我猜我就是個沒用的傢伙。

愛你的，艾絲黛兒

坐在沙發上的我好長一段時間沒說話，只是在公寓內四處張望。我看不出來少了什麼，但這地方確實有種空蕩蕩的感覺，由窗戶照進來的陽光更增添了蒼涼氣息。終於我意識到那張褐紅色的大椅子不見了。然後我望向壁爐架上的巨大花瓶，威廉也隨我的眼神看過去。他說，「對啦，我送她的聖誕禮物，她留在這裡了。」

「天啊。」我說。我們之後有好一陣子沒說話。突然間我意識到，除了角落小地毯之外的其他地毯都不見了，這地方看來淒涼的其中一個原因正是如此。「等等，」我說，「她把地毯都帶走了？」

威廉只是點點頭。

「天啊，」我又輕聲說了一次。「我的天啊。」

然後威廉說——坐在地上的他伸直了一雙長腿，他腳上的襪子看起來很髒，兩隻腳掌外八擺著——「露西，讓我害怕的是那種不真實的感覺。已經五天了，但我就是擺脫不了這種不真實的感覺。可是這是真的。我嚇壞了。我是說那種不真實感嚇壞我了。」然後他說，「你去臥房看看。艾絲黛兒的所有衣服都不見了，布莉姬的大部分衣服也是，還有布莉姬的家具也被清空了。廚房物品也只剩一半。」他轉頭望向我，眼神幾乎像是死去一樣。

他告訴我，他在這五天受到一波波疲倦的侵襲。他睡覺時不會作夢，通常一睡就是十二小時，起床也只是為了上廁所，然後疲倦的大霧又會再次籠罩下來。他說，「我真的始終、始終都沒料到會發生這種事。」

我輕拍他的肩膀。「喔，菲利，」我輕聲說，然後再次環顧四周。那個玻璃花瓶的瓶身內鑲嵌了幾何形狀的彩繪玻璃。「喔，我的老天啊。」我說。

幾分鐘之後，威廉轉過身把雙臂交叉擺在我的大腿上，然後把頭枕在他的手臂上。坐在沙發上的我心想：真是太令人心碎了啊。我輕撫他的白色髮絲。

「我真的很常人在心不在嗎？」他抬頭看我，那雙此刻泛紅的眼睛似乎變小了。「是真的嗎？露西？」

「跟我們其他人相比，我不知道你是否更常人在心不在。」我說，這是我能想到的最仁慈回答。

威廉起身坐到我身旁的沙發上。「你都不知道，還有誰可能知道？」我想他是試圖要表現出一點幽默感。

「就沒有人囉。」我說。

他說，「喔，露西。」他伸手來握住我的手，我們就這樣坐在沙發上。他每隔一段時間就會搖著頭悄聲說，「真是我的老天啊。」

終於我說了，「你又不是沒錢，菲利。別待在這裡，去找間好旅館吧。就住到你想清楚下一步為止。」

可是真的很好笑，因為他說，「不，我不想去旅館。這是我家。」

我覺得好笑是因為他把這裡稱為「他的家」。當然這裡曾是他的家。這男人在這裡住了好多年，也和他的家人圍著這裡的木桌吃了無數頓早、午和晚餐，另外也曾在這裡沖澡、讀新聞和看電視。可是除了那個好多好多年前跟威廉建立的家，我直到現在都還不覺得自己擁有一個家，從來沒有。我之前就跟你們說過。

我那天下午都待在他的住處。我去看了——因為他又要求我去——他和布莉姬的臥房，他描述的情況的確都是真的。他們的床上擺著一條沒鋪好的藍色毯子，她沒拿走那條毯子。布莉姬的臥房地板上有一團團灰塵，我猜應該是原本在她床底下的灰塵因為床被搬走而暴露出來。「這樣布莉姬來的時候要睡哪裡？」我回到客廳時問威廉，他看起來很驚訝。「我沒想過這件事。我猜我得再買張床。」

「還要買個梳妝臺，」我說。然後我又說，「去沖個澡吧，我們出門吃飯。」

他照做了，之後回到客廳時看起來好多了。換上乾淨襯衫的他正用手上的浴巾擦乾那頭白髮。

我們那晚一邊吃晚餐一邊談起很多事。那間舒適的老餐廳在一年的這個時節很容易訂位，我們就坐在靠近後方的位置聊天。但我覺得很慘，我為這個曾是我丈夫的男人感到悲慘。我們花了很久的時間討論艾絲黛兒和布莉姬，之後又花了一點時間聊起我們的女兒。他問是否由他來把艾絲黛兒離開的事告訴克麗希和貝卡，我說當然啊。

然後威廉手中拿著一片麵包說，「凱瑟琳之前有過一個孩子。」我說，「我知道。」

威廉跟我說了他的調查結果——原來他參加研討會之前就查出來了——他發現母親是

在他父親去了英格蘭及德國的幾個月之中懷上了孩子。「所以那個孩子，」威廉計算了所有相關日期，「她在我母親稀鬆平常地丟下那個家庭時大概一歲，基本上會走路了。」他望向我的表情中有顯而易見的痛苦。我的心都碎了。我隱約明白他意識到他的母親和兩任妻子都用同樣的方式背叛了丈夫。

他又說，「可是那個父親，我是說克萊德．特雷斯克，他在一年後跟一位名叫梅若琳．史密斯的女性結婚。」威廉說到「史密斯」時語帶不屑。「兩人的婚姻維持了五十年，還一起生了幾個兒子。」

我伸手捏了捏他的手。我說，「菲利，我們會想清楚該怎麼做。我們一起面對一切，你別擔心。」

他說，「嗯，你什麼都有辦法面對，這點是確定的。」

我說，「你開玩笑吧？我才不是！」

然後他說，「露西。你什麼都有辦法面對。」

那天晚上在回到公寓的計程車上，我想起自己是如何用類似的方式離開了威廉。不過我有在離開前發出更多警訊，而且除了幾件衣服之外什麼都沒帶走。我有跟他說過我想搬出去。我有說我覺得跟他住在一起的我像一隻鳥，一隻蜷縮在盒子裡的鳥。他無法理解，我也不怪他。我在我們當時住的布魯克林褐石街區附近找了間小公寓，但幾乎一整年都沒有真正搬出去，然後某天他在工作時——那是個星期一，我拿起電話打給床墊公司，兩小時內就有一張床墊送到了我的迷你公寓，然後我心想：喔天哪，露西。又或者我什麼都沒在想。我就只是嚇壞了。總之我把一堆東西丟進一個垃圾袋，提著那個垃圾袋走了過去，另外還在小超市買了一只平底鍋、一根叉子和一個盤子。然後我打給威廉，說我搬出去了。

我總是記得他那天說話的聲音。他說，「你搬了？」他的聲音好小。「你搬出去了？」

他人真好，我在計程車上心想，他沒在今天提起那天的事。

我也想了一下艾絲黛兒的事。我心想——我的假設是這樣——她如果沒有另一個男人的幫助是做不到這件事的，但我沒對威廉提起這件事。不知道對方是誰？是那天晚上在廚房聽她說「你一定快無聊死了吧？」的劇場人嗎？啊我真是想到她就生氣。我的天哪，我心想，真受不了你這女人。她傷害了威廉，我無法忍受她的作為。

我當時沒想太多凱瑟琳的事。我更在意的是威廉此刻身處的那間空蕩蕩公寓。不過在為了威廉感到難受時，某種針對凱瑟琳的不滿情緒也浮現出來。

我發現威廉外遇的那個晚上——他不只外遇一個對象——他終於選擇在那天大概午夜的時候據實以對，當時我們已經是青少年的女兒都上床睡覺了。不過他一開始只透露零碎資訊，之後才愈說愈多。兩天前我要把他的襯衫拿去洗時，在口袋發現了一張信用卡收據，上面記錄的顯然是一頓雙人晚餐——在我看來那個價位就是這個意思。那間餐廳位於格林威治村，但那天他跟我說是因為工作才會晚點回家。我把收據拿給他看、質問他，但當下其實很害怕。他看到收據時似乎嚇了一大跳，但說是因為一起工作的女人遇到了一些問題，才會請她吃晚餐。那為什麼不告訴我？我不記得他是怎麼說的，但那個令人安心的答案讓我沒再繼續追問——那天的情況大概是那樣。（當時我已經有好幾年都夢到他在外面偷情，但每次說起時他都會寬宏大量地說，「真不知道你為何會作那種夢。」）可是那天晚上我們邀請朋友來家裡吃飯時，那對夫妻中的妻子為了抽菸跟我一起走上頂樓，跟我說了她和洛杉磯的一個男人正在外遇。「我們的性生活太棒了，」她深吸一口菸。「真是太棒了。」

她跟我說時我就知道了。我指的是威廉的外遇。我不知道為什麼，但我在那一刻就知道了。然後我們下樓，我望向威廉，我相信他從我的表情也明白我知道了，然後等客人離開、女兒也都上床睡覺之後，我才說了那個女人跟我說的話，他沉默了一陣子後開始坦白，不過一開始只提到一個女人，後來才說了其他女人。威廉似乎特別在意其中一個和他一起工作的女人，但強調自己沒愛上她們之中的任何人。不過往後的三個月他都沒提起瓊安，等他提到瓊安時我真的以為我會死掉。其他女人的事已經讓我很想死了，不過這個女人，這個瓊安啊，她來過我們家無數次，某年夏天我生病時還帶了我女兒來看我。她一直是我丈夫的朋友，也是我的朋友。

●
●

我的體內有枝鬱金香瞬間斷了。我的感覺就是那樣。而且一直是斷的，從來都沒有長回來。

之後我的寫作就更忠於內心了。

「媽。」貝卡在電話中叫我——那天在威廉的公寓見過他之後，我在走向小超市時接到了電話——「媽，這是在搞什麼鬼？」這下我知道他跟她說了艾絲黛兒的事。

「就是說啊。」我說。我走向一張人行道上的長凳，坐下。

「搞什麼鬼啊？」貝卡又說了一次。「媽！那個可憐的傢伙！媽！」「我懂，寶貝。」我說。我透過太陽眼鏡看著經過身邊的人們，但並沒有真正在看他們。接著我的手機又震動了，這次打來的是克麗希。「克麗希打來了，」我對貝卡說，「等我一下。」我按下螢幕上的綠圈圈，克麗希對我說，「媽，我不敢相信！真不敢相信！」

「就是說啊。」我說。

兩個女兒開始輪流傾訴她們的父親遭受了多麼可惡的對待，我冷靜地聆聽著，她們兩人問我，「他會沒事吧？」我說百分之百會沒事，但之所以強調這點是因為我也不知道答案——但我們還能有什麼選擇呢？我們大多數人又能有什麼選擇？不就也只能裝作沒事嗎？我說，「他還算年輕，而且很健康。他會沒事的。」

克麗希不到一週就為布莉姬訂購了新的床和梳妝臺，另外還買了新地毯。「這些地毯漂亮多了，」她說，「可以讓整個地方更有生氣。」真是個好人啊，我指的是克麗希。她總是能掌控全局。

三週後，克麗希打電話來，「媽，我們要在爸那邊吃晚餐，希望你一起來。」

我想我得提一件事。我原本並不打算談大衛，但覺得你們該知道這件事：我曾說我沒有跟威廉以外的人建立過真正的家，但那並不是實話。大衛——我之前也跟你們說過——是在芝加哥郊區，一個信仰哈西迪教的貧窮猶太社區長大的，不過十九歲就離開了，而且是遭到那個社群的流放。接著在將近五十年沒跟他們來往之後，他的妹妹才再次聯絡了他。你們需要知道他和我有一點相同：我們都成長於一個跟外界格格不入的文化中。我們成長的家裡都沒電視，所以對於越戰似懂非懂，一直到很後來才去搞清楚發生了什麼事。我們從來不會唱那些成長時期的流行歌——因為根本沒聽過——也一直是到年紀更大之後才開始看電影，此外也不懂大家常用的俗語。這種在與世隔絕的環境中長大的感受很難向人描述，所以我們成為了彼此的家。不過我們——我們兩人都這麼覺得——我們就像棲息在紐約電視傳輸線上的兩隻鳥。

就讓我再說一件跟這男人有關的事——！

他長得矮，童年的一場意外讓他的屁股一邊比另一邊高，所以走路時有嚴重的跛腳問題。另外他——身為一個不高的人——體重有點過重。我想說的是，他看起來跟威廉很不一樣，而且幾乎是各方面都不一樣。我面對他時沒有跟威廉結婚時的那種反應。我想說的是，大衛的身體總能讓我感到安心。應該說，大衛的存在就能讓我安心。老天，那男人真讓我安心。

約定要和女兒及威廉一起吃晚餐的那晚，我一走進公寓就驚訝地發現兩個女兒的丈夫沒出現，貝卡在我提起時微笑著說，「我們把他們丟在家裡了。」

確實，威廉的公寓看起來好多了，我一邊參觀，一邊讚嘆克麗希將一切打理得多麼好。（壁爐架上的花瓶已經不見了。）威廉看起來也好多了，不過彎腰親吻我的臉頰時還是嘆了口氣，又輕捏我的手臂，所以我明白他是為了女兒才答應這頓晚餐，因為這樣才能讓她們相信他真的好多了。兩個女兒都有下廚，我們四人一起坐在廚房——艾絲黛兒留下了廚房的圓桌——威廉罕見地喝了兩杯紅酒——我想說的是，我想說的是他平常幾乎從不喝酒。然後我發現：

待在那裡讓我感到難以置信的自在。我想我們四人都進入了不存在的時空，彷彿瞬間回到了曾是一家人的往日時光；我感到徹底放鬆，這是我想描述的感受之一，而他們三人似乎也如此。我們都能如此自在實在很驚人。我看著他們，那三張臉上似乎閃耀著某種幸福光輝。

我們聊起還是一家人時認識的老朋友，還聊起貝卡青少女時期曾有一年把前面幾簇頭髮染成紫色。我們說了早已說過好多次的故事，包括某年夏天，克麗希坐在車內的安全座椅上——她那時三歲——當她父親因為她不肯停止胡鬧而把車子停在路邊，伸出手指著她說「你給我聽好，你惹毛我了」的時候，克麗希傾身靠近父親說，「不，你給我聽好，你才惹毛我了。」我們都好愛這個故事，而我就跟之前大家提到這段回憶時一樣開始補充，「然後你們的爸爸看著我，我看著他。他繼續開車上路。那時我們就知道家裡最有權力的人是誰了。」克麗希早就是個大人了，但此刻仍因這個故事開心地臉紅起來。我們聊起我們會在她們還小時帶她們去佛羅里達的迪士尼世界，結果貝卡在大遊行時因為虎克船長停下腳步向她揮劍而嚇個半死，克麗希因為這段回憶笑到猛咳。「我才沒有。」貝卡抗議，但我們都說她有，她明明就是嚇壞了！「你當時九歲，」克麗希說，「卻表現得像只有三歲！」貝卡笑到眼淚都流出來了。

「她八歲，」威廉糾正克麗希。「她那時候八歲。」

我們就這樣坐在廚房笑鬧，大家都很開心。然後貝卡瞄了一眼時間說，「喔，我得走了——」她的表情突然哀傷地沉下來，接著克麗希說她也得走了。我瞄向威廉，他看著我說，「你也走吧，露西，走吧。」他站起身。「你們現在全都給我回去，我來整理。走吧。」他向我露出他會沒事的微笑，我想女兒們也感受到了。當我們往廚房外走時，貝卡突然轉過身來說，「來個家人擁抱？」威廉和我短暫交換了一下眼神，我想我們都感受到一陣揪心的傷感，因為在女兒還很小的時候，我們偶爾也會說，「來個家人擁抱？」然後抱在一起。這次我們也這麼做了，只是兩個女兒已經長大，克麗希都比我高了，不過我們還是伸手擁抱彼此。然後我轉身說，「好了，大家，我們走吧。」我們動身離開，三人一起搭電梯下樓，等走到街上，貝卡的眼裡已經噙著淚水，我用雙臂環抱住她，她還真的大哭了一陣子，一旁的克麗希一臉嚴肅。然後我說，「搭那邊那臺計程車，我的寶貝，你們走吧——」

然後我上了我的計程車，幾分鐘後，我也開始哭了。計程車司機問，「你還好嗎？」我跟他說不好，我失去了我的丈夫。

「真遺憾，」他搖著頭說。「真的很遺憾。」他說。

關於我母親，還有這樣一件事：

我之前寫過她了，也真的不想再寫有關她的事，不過我明白有些人可能需要為了這個故事多知道幾件事。這幾件事是這樣：除了施展暴力之外，我不記得我母親碰觸過她的孩子。我從來不記得她說過：我愛你，露西。我把威廉帶去給父母看的時候，她立刻把我帶出去說，「把那個男人帶走，他讓你父親不開心了！」所以我們走了。根據她的說法，是因為威廉是德國人的關係，顯然在我父親的眼裡威廉就是個德國人，而這會讓他回想起很多戰爭的事，還有那段時間有多難熬。所以我們上了威廉的車後驅車離開。

我那天在車上跟威廉說了幾件之前發生在那間小屋裡的事——包括之前住在車庫裡的事都是威廉在那天才聽說的——他聽了始終沒說話，只是一直望著前方的路。之後幾年我跟他說了更多，關於發生在那間小屋裡，還有再之前車庫裡的事，總之我成長過程中的所有事只有他全部知道。

我母親之後來過紐約幾次——因為威廉付錢請她來——當時我因為闌尾切除手術住院，但她只讓我的病情比本來預計的更嚴重。她跟我一起待了五個晚上，這對她來說真的很了不起，簡直讓人不可置信。她這麼做讓我明白她是愛我的。不過在那次來訪的之前和之後，我偶爾會在想她的時候打受話人付費電話過去，但她無論如何都不肯接。她會跟接線生說，「那小妞現在有錢了，她可以自己付錢。」可是當時還年輕的我們剛出社會，沒什麼錢，威廉也只有一份博士後研究員的薪水。

算了這不重要。

重要的是，幾年後我去探望了我母親，她來醫院陪我之後，就在芝加哥的一間醫院慢慢步向死亡。我去看她，但她要我離開，所以我就走了。

有很長——真的很長——的一段時間，我相信她愛我。可是當我丈夫重病又過世後，我開始懷疑她是否愛我。我想是因為我跟大衛之間的愛非常有存在感，另外也因為我多少開始——在某些時候——不讓自己太愛自己的母親了。

我哥哥獨自住在我們成長的那棟屋子裡，我姊姊則住在附近的小鎮上。我和他們兩人幾年前見過一次面，我們都同意母親的精神狀態始終不太對勁。

我現在每週會跟他們通一次電話，但之前有許多年毫無來往。

●●

我告訴自己：母親愛我。我認為她在自己許可的範圍內盡力了。就跟那名可愛的女精神科醫師說的一樣，「我們就是無法不去盼望。」

威廉的父親過世後，凱瑟琳開始在一個鄉村俱樂部打高爾夫球。她每週都和同一群女人打高爾夫，另外也教威廉如何打高爾夫。但我在大學時認識的他完全不打高爾夫。我是說我從未見過他打高爾夫，也沒聽他談起過。不過他在我們搬回東岸之後還是會跟母親一起打高爾夫。他們第一次去的時候我還以為他們是去打網球，大概一兩個小時就會回來了，結果他們超過五小時後才回來。我氣壞了──到底是跑去什麼地方鬼混了啊？他們似笑非笑地說，露西，打上一場高爾夫就是這麼花時間。

凱瑟琳在那一年──我們已經快結婚了──幫我安排了高爾夫球課。她帶我去鄉村俱樂部的店鋪為我買了一件高爾夫球衫，那件紅色系的球衫很短，另外她還為我買了高爾夫球鞋。我覺得這一切好怪，真的好怪。然後她口中的「專業人士」為我上了一堂課，我真的很想哭，因為太難了。不過我還是一直努力揮桿，只是實在揮得不太好。凱瑟琳來接我時一定看出了我的沮喪，因為我在我們走進俱樂部時，不小心聽見她悄聲對威廉說，「我想這對她來說還是太辛苦了。」

由於之後很快就是我的生日，凱瑟琳問我想要什麼。我說我想要書店的禮券。光是想到可以去書店買上幾本書就讓我感到不可思議的興奮。結果她在我的生日那天把我帶去車庫，給我看了某個裡面裝了高爾夫球桿的東西。她的臉上散發著光芒，「生日快樂，」她雙手交握在胸前對我說，「這是專屬你的高爾夫球組。」

我一次都沒打過高爾夫。

可是艾絲黛兒會打高爾夫，她會和威廉一起在蒙托克打高爾夫，也會在艾絲黛兒母親住的拉奇蒙特打高爾夫。就連瓊安都打高爾夫。我在我們和威廉一起吃晚餐的幾天後望著東河想起了這些事。

我在過了一週後打去關心威廉的狀況，他說，「我沒事。」他說布莉姬來住了幾晚，然後我們就掛了電話。我心想：好，我不會再打給他了。我覺得他不太想理我。

但又過了幾星期——幾乎是八月底了——他在某天晚上打來，說他在想那個女人的事，他指的是婁伊思．布巴爾，他同母異父的姊姊。他在想要不要聯絡她。我們聊起這件事，他說想跟她聯絡是因為覺得自己的時間不多了，而且兩人畢竟有血緣關係，但他又怕要是聯絡之後發現她恨他怎麼辦？畢竟她一定會恨他母親的。「我不知道該怎麼做，露西。」他說。然後他又說，「兩個女兒知道這件事嗎？」

我說，「我一直沒告訴她們，你呢？」

他說，「沒有，我想反正你會說。」

我說，「這樣啊，我想這種事該由你自己說。」

「好。」他說。

他掛了電話。

五分鐘後他又打來，他說，「露西，你願意跟我一起去緬因州嗎？」

我很驚訝，沒說話。

「拜託啦，」威廉說，「我們就去緬因幾天——就下週吧。就這麼做，露西。我們去那裡看看這件事發生在什麼樣的地方。我有婁伊思．布巴爾現在的住址，我們去看一看就好。」

「看一看就好？」我問。「我不太懂你的意思。」

「我也不懂。」威廉說。

關於旅行有這樣的事：

凱瑟琳是家中負責帶大家去度假的那個人。我指的是，去那種遊客會在陽光下圍坐在游泳池邊的那種加勒比海島。她第一次帶大家去旅行時我們才剛結婚，我們三人在凱瑟琳的主導之下一起去了開曼群島。我在那之前只搭過一次飛機，那次是威廉付錢讓我在大三時搭機飛往美東，航程中的我根本無法相信自己坐在天空上，還必須努力表現得若無其事。我真的努力了，但那種感覺太驚人啦。

於是去開曼群島旅行時，我因為至少有過那次的搭機經驗而得以表現自然，或至少讓旁人以為我真是一派輕鬆。可是等我們下了飛機、步入航廈外的陽光中，又搭上廂型車前往旅館時，我開始覺得一切都很恐怖。我不知道——絲毫不知道——該怎麼做：旅館的鑰匙要怎麼用？去游泳池要穿什麼？我該怎麼坐在游泳池邊（我從沒學過游泳）？那裡的所有人在我看來都很老練世故，每個人都知道自己該做什麼。喔老天爺啊，我真是驚慌失措！眼前有好多身體展示在躺椅上，還塗抹著讓他們的肌膚在陽光下閃耀的油膩物質。只要有人舉起手，綁著馬尾的女服務生就會穿著短褲出現，並記下他們點的飲料。他們怎麼都知道什麼時候該做什麼呢？我覺得自己像個隱形人——正如我之前所說——不過那種感覺在那個情境下更顯得極端怪異，因為我覺得自己像隱形人，卻又同時覺得有聚光燈打在自己身上，而且那道聚光燈還拼寫出文字：這位年輕小姐什麼都不懂喔。因為我確實什麼都不懂。威廉和他母親把兩張躺椅靠在一起，兩人坐在各自的椅子上面對著奔騰大海。接著威廉轉向我，揮舞高舉的手臂要我過去。「露西，」凱瑟琳說，「怎麼回事？」她頭上戴著帽簷很寬的帆布帽，臉上的太陽眼鏡直直面對著我。我說，「沒事。」我說我很快回來，然後跑回我們的房間——不過因為迷路困在同樓層的另一區好一陣子——最後在進到我們的房間後哭個不停。我想他們兩人從不知道這件事。

不過等我重新回去找躺椅上的他們時，凱瑟琳對我非常親切，她握住我的手說，「我想這對你來說還是太辛苦了。」

凱瑟琳的房間就在我們房間隔壁，兩個房間都可以透過一扇玻璃拉門通往小陽臺。房內的家具都是米白色，牆面是白色。我可以從我們的房間聽見凱瑟琳進出陽臺，也可以聽見玻璃拉門拉動的聲音。到了晚上，我懇求威廉在我們做愛時保持安靜，畢竟光是想到他母親在隔壁就讓我無法徹底放鬆。在我成長的那間小屋中，我幾乎每晚都會聽見父母交媾的聲音，我父親在那時候會發出恐怖、駭人的高頻叫聲。我在開曼群島的那星期睡得很不好。

兩個女兒出生後，旅行時我會在游泳池邊照顧她們，而凱瑟琳會坐在威廉身邊說話。有一次我對凱瑟琳說，「你年輕時也會這樣出門旅遊嗎？」她當時正在讀一本雜誌，聽到我的話後把雜誌放在胸口，雙眼直直望向大海。「沒有，從來沒有。」她說，然後又拿起雜誌繼續讀。

我一直很討厭那些旅行。每次都恨透了。

有一次——我們大概結婚五年多了吧——我們在感恩節時去了波多黎各旅行，那次住的旅館比大開曼島上的旅館高檔許多，不但周遭綠意濃密，旅館裡還有一座很大的游泳池，大海更在旅館的正前方。或許因為是感恩節，其實我也不確定原因是什麼啦，總之我非常思念我的父母，甚至也很想我的哥哥和姊姊。我蒐集了很多硬幣——我沒告訴威廉或凱瑟琳就直接去找前臺的人換了許多硬幣——然後在一長排的付費電話中挑了一臺電話。這些電話坐落在大廳比較隱密的角落，所有電話後方都設置了桃花心木板。我打了電話回家，是我父親接的電話，他聽見我的聲音時很驚訝。我不怪他，畢竟我很少打電話給我的父母。他說，「你母親不在家，」我說，「沒關係，爹地，別掛電話。」

他口氣和善地說，「你還好嗎？露西？」

我突然脫口而出，「爹地，我們和威廉的母親在波多黎各，我不知道該怎麼做！我不知道在這種地方該做什麼！」

我父親沉默了一陣子，然後他說，「那裡漂亮嗎？露西？」

我說，「我猜是吧。」

然後他說，「我也不知道你該怎麼做。或許就好好享受風景吧？」

他對我這麼說了，就在那天。我的父親啊。

但我無法享受風景。我花太多心力在照看泳池裡的女兒了，她們真的好嬌小又好愛打水花玩。凱瑟琳買了充氣游泳圈給她們，她們就靠著套在身上的游泳圈，浮在水面上玩。凱瑟琳每隔一陣子就會和女孩一起進入游泳池，她會指著站在附近的我，對兩個女孩說，「游向媽咪，游向媽咪！」然後一邊笑一邊拍手，接著再離開泳池回沙灘上閱讀。如果威廉在泳池附近，我的狀態會比較好，當然他如果能在泳池裡更好，這樣就算有很多其他人躺在泳池邊的躺椅上、手腕從躺椅邊垂下，還因為太陽而緊閉著雙眼，我也會覺得比較安全。不過威廉從不願意在泳池裡待久一點，所以我總是獨自跟兩個女兒待在那裡——這種情況總是讓我感到驚慌。

兩個女兒在回家的路上總是很暴躁，而且（在我的記憶中）每當我們在機場等待，她們的父親總是特別安靜。我上飛機後就會坐在兩個女兒中間，不停嘗試逗她們開心，但內心總是覺得憤怒，因為只要有一個女兒哭起來，其他乘客就會一臉怒容地瞪視過來，而威廉和他的母親卻坐在飛機上的其他地方。

後來，我開始帶著自己的作品旅行世界各地——外國出版商會在我的書出版後邀請我去當地，畢竟世界各地總有許多書展活動——我因此去過許多地方，而且搭的是頭等艙，還會拿到那種附有牙膏、牙刷和眼罩的小組合包。這種經驗我有過很多次了。人生多奇妙啊。

我和貝卡及克麗希約了週六在布魯明黛百貨公司見面。我們這些年來每隔一段時間就會這麼做。我們去了七樓那間賣冷凍優格的店鋪，之後又一起漫步過風格雜亂不一的各種店面。我以前就寫過我和兩個女兒會這樣做。

不過提起這件事，是因為貝卡在和克麗希一起出現時說，「媽！爸到底是有多倒楣啊？他的妻子才丟下他，又突然發現有個同母異父的姊姊？媽！」她用那雙棕色的眼睛盯著我瞧。

「就是說啊。」我說。

克麗希神情嚴肅地站在那裡。她說，「實在有點糟啊，媽。」

「是啊，是這樣說沒錯。」我說。兩個女兒都說很高興我會跟她們的父親去緬因。

我仔細觀察了克麗希，她不像是有懷孕的樣子，也完全沒主動提起這個話題。直到我們走過賣冷凍優格的地方又經過賣鞋區時，她才說，「我準備去看專科醫生，畢竟我年紀也不小了。」

「好，太棒了。」我說，她勾住我的手臂。

我知道在我們社會中，擁有某些文化背景的母親會非常緊迫盯人地說：什麼專科醫生？我可以跟你一起去嗎？到底發生了什麼事？但我不是那種母親。我來自清教徒家庭，我的父母也有清教徒背景——他們真心以此為傲——所以我們不會那樣跟彼此說話。我童年時，家中甚至很少有人說話。

可是當我們一如往常地親吻道別，我的心也同樣在此刻感到痛苦時，這次的感覺又更痛了一點。

「祝你們好運！祝好運！」對街的她們一邊往地鐵站走，一邊向我大喊。「保持聯絡，有消息就告訴我們！再見啦，媽！再見，媽！」

既然提起了父親，我想多談一下這個男人。我的父親也有嚴重的創傷後壓力症候群。

他在德國參加了第二次世界大戰，並因此留下非常、非常嚴重的創傷。他從未談起戰爭，但母親一定有跟我們說過他上戰場的事，因為我記得自己很小的時候就聽說過了。這種創傷後壓力症候群讓他幾乎每次焦慮時都會產生性衝動。通常他會在房內遊走——

我不打算再多說了。

但我愛他，我的父親。

我真的愛他。

●●

我想我之所以想提起我父親，是因為我在為了緬因行打包時，想起了威廉的父親。我有說過，他在戰爭中參加的是納粹陣營。（而我父親屬於他們的敵對陣營。）威廉的父親之前曾和凱瑟琳通信過一陣子，她說他在信中表示回到德國後，「不喜歡這個國家之前幹的好事。」不過這些信都沒有被留下來——我是指威廉和我始終沒在凱瑟琳過世後找到那些信——所以我想我們並不真正清楚威廉父親對戰爭的看法。若真要說，也只有過一段對話，威廉記得大概在十二歲時跟父親討論過德國的事——他說他不喜歡他們之前幹過的好事。我一邊打包我的夏季上衣一邊想起這件事。所以他的父親為什麼又會來美國？那個男人只是為了要跟凱瑟琳在一起才來的嗎？還是他想成為美國人？他是在法國的戰壕裡被美國大兵逮住的，他以為他們會擊斃自己但並沒有。他說——根據威廉和凱瑟琳的轉述——他很希望找到那些人然後向他們道謝。他可能真的很想跟凱瑟琳在一起，但也可能是真的想成為美國人，又或許兩者都是真的。他後來進入麻省理工學院，並如我所說成為了土木工程師。

但我又想起威廉夜驚發作時看到的畫面：他說他看到了毒氣室和焚化爐。

我想起威廉因為祖父在戰爭中的獲利而繼承到一大筆錢，當時還活著的凱瑟琳很少談起這件事。不過在他繼承到錢沒多久後，她確實曾躺在那張柳橙色的沙發上跟我說過，「那些都是骯髒錢，他該全部捐出去。」

但威廉並沒有全部捐出去。他變得非常有錢。不過正如我之前所說，他確實也有在捐錢。當我向威廉問起那筆錢——還有他處理的方式——他總是拒絕跟我溝通。「反正我打算留下來，」他對我說，後來也確實這麼做了。我始終不明白這個決定，但我現在忍不住覺得，或許他是覺得自己被虧欠了。是因為威廉的父親在他很小時就過世了嗎？我知道曾經失去些什麼的人有時會無意識地相信自己應該獲得補償。雖然威廉是失去父親很多年後才拿到那筆錢，不過我想那分失落感始終存在。我現在確信那分失落感的存在了——而且仍然存在——威廉始終覺得自己深受虧欠。

凱瑟琳跟她的丈夫從來沒有一起去過德國。我想起他們兩人都從未——除了威漢爾姆在戰後回到德國那次之外——回去兩人童年生活過的地方。他們在這方面是一樣的。

不過在為了緬因行而把睡袍收進行李箱時，我想起來，總之是突然想起來的：威廉的人生就像在鬆脫軌道上行駛的火車一般顛簸前行。自從多年前去過達浩集中營後，那些畫面就在他腦中縈繞不去。他被自己在德國見到的一切嚇壞了，也深受父親在其中扮演的角色所困擾。那是一種難以言說的驚懼，像是心靈失去了依歸。

我是這樣想的。

或許他覺得——如果他允許自己去深思——這次的經驗對他造成的改變比其他經驗都更深遠，甚至可能比他母親的死還要更深遠？

不過一直到他母親死後——總之我是這樣想的——他才真正開始跟那些女人還有瓊安亂搞。

我只是想說：我還是不知道威廉是個什麼樣的人。我之前就對此感到迷惘。我想過這個問題好多次。

我該提一件事：

我從未跟女兒提起她們父親外遇的事。我是這樣想的：她們永遠不會從我口中知道。所以我從沒跟她們說，就算在我離開威廉後也一樣，我始終沒讓她們知道父親外遇過。

然後有一天——就在不久前，大概六、七年前吧——我和女兒一起去了布魯明黛百貨，結束後又去附近的一間餐廳喝葡萄酒。我們才坐下，她們就快速交換了一個眼神，然後克麗希說，「媽，爸在你們離婚前有外遇嗎？」

我有好長一陣子沒說話，只是看著她們用澄澈的眼神望向我。然後我說，「你們準備好談這件事了嗎？」她們說準備好了。

所以我說了，「對，他有。」

然後貝卡說，「和瓊安？」

我說，「對。」

然後我說——為了公平起見——我說我離開她們父親時也有跟別人交往。我輪流望著我的兩個女兒，說我當時愛上了一個來自加州的作家，所以也有跟他外遇。我說那位作家那時也有妻子，然後我說，「他有孩子。我介入過別人的家庭。這點你們該知道。」

她們其實不太驚訝，反而表現得興致盎然——這點讓我驚訝——克麗希問，「後來呢？」我說，「嗯，他的婚姻結束了，但是——欸，我是說，我知道我們不會有結果，後來確實也沒有。不過我在那之後就知道沒辦法跟你們的父親走下去了。」最讓我驚訝的是她們似乎沒有想要知道更多了。克麗希只想多了解瓊安的事。「那段外遇持續多久？」她問，我說我不知道。

貝卡說，「我以前很喜歡她。」克麗希轉向她說，「你是愛她。」語氣可說是怒氣沖沖。

我說，「哎呀，你們怎麼會不愛呢？你們那時又不知道。」

她們安靜地坐著，然後貝卡搖搖頭，她說，「人生啊，我真的什麼都搞不懂。」

我說，「我也是。」

兩個女兒在道別時親吻我、擁抱我，還說她們愛我。我因為這段對話很心煩意亂，她們卻似乎沒受什麼影響。至少在我看來是這樣。

但誰又能真正明白他人經歷了什麼呢？

威廉和我約在拉瓜地亞機場見面，我遠遠就看見他穿的卡其褲太短了。這光景有點讓我心碎。他穿著平底便鞋，襪子是藍色，那雙不算深也不算淺的藍襪子在卡其褲沒蓋住的地方露出了一些。喔，威廉，我心想。喔威廉！

看起來累壞的他臉上有黑眼圈。他說，「嗨，小巴。」然後在我身邊坐下。他帶著一個帶輪子的小行李箱，行李箱是兩種不同色調的深棕色，我知道很貴。我的帶輪行李箱是鮮豔的紫紅色，他看著說，「你認真？」

「哎呀別說了，」我說，「帶著這種行李箱不可能走失。」

「那倒是真的。」

然後他雙手抱胸四處張望，「你去過緬因嗎？露西？」有個寶寶在鋪了地毯的地面上爬，寶寶的母親身前掛著背巾緊跟在後，她在看見我們時露出微笑。我看見威廉也報以微笑。

「去過一次，」我說。然後他說，「嗯？」

「我有受邀到雪莉瀑布小鎮的大學去朗讀自己的書。我應該跟你說過。」

「提醒我一下。」他說。他的眼神四處游移。

「我不記得是哪本書了，第三本吧？總之是英語系主任邀請我去的——他是個短篇小說家——我整個下午都在聽他聊自己因為母親年紀大了必須處理的各種麻煩——我跟他在校園內晃蕩時，隱約注意到路上都沒有當晚活動的廣告。他帶我去吃晚餐，然後我們走入一個大約擺了一百張椅子的空間，可是一個人都沒出席。」

威廉此刻望向我。「真的假的？」

「對，就是這樣。真是空前絕後的一次。我們就這樣等了大概半小時，之後我回到自己的房間，他寫電子郵件來道歉，說他不知道為何會發生這種事。一直到後來我才意識到，至少他自己的學生該出席吧？我想他一定是連自己的學生都沒通知。我回信請他別放在心上。」

「我的老天爺啊，」威廉說，「這傢伙有什麼毛病？」

「不知道。」

「我知道，」威廉幾乎是面帶怒容地看著我。「他是嫉妒你，露西。」

「真的嗎？」我說，「我倒是沒想過這點。」

威廉嘆了口氣又緩緩搖頭，眼神再次投向在地上爬的嬰兒。「不，你當然不會知道這種事，露西。」他說。他整理了一下他的小鬍子。「他們有付你錢吧？」

「喔，當然。欸其實我不記得了，畢竟金額也不大，我不太確定。」

「我的老天爺啊，露西。」威廉說。

我們在大約晚上九點四十五分時抵達了班戈，那架小飛機的乘客不多。我在穿越班戈機場時——燈光沒有充分打開的機場顯得有點詭異——注意到許多歡迎老兵回家的標語。威廉說他做過研究，這裡之前有座歷史悠久且跑道很長的空軍基地，海外各地服役的人有很多都是首先抵達此處。相反地，這裡也是許多軍方人士離開美國前的最後一站。他說許多人在伊拉克戰爭期間返家時，也是在這裡踏上美國土地，因此緬因州的人要確保他們明白自己有受到家鄉歡迎。機場有座我們沒進去的大廳，大廳標示牌上用巨大字母寫了「迎接大廳」，整個空間看起來幾乎像座博物館。這讓我想起我的父親，我的父親是搭船從德國回到紐約，再搭火車一路回到伊利諾州。不過，威廉的父親有可能在抵達緬因時走過這個迎接大廳嗎？他是以戰俘身分搭機來到這裡嗎？

「不，」威廉說，「他是從波士頓搭火車過來，再之前是從歐洲搭船過去，我讀了不少資料。」

我有一種一切都不真實的怪異感受。

然後我看見一個男人，（我認為）他打算在機場過夜。他的年紀不算老也不算年輕，身上帶了很多白色大塑膠袋而非行李箱，此刻正獨自待在燈光幾乎完全關上的機場區域。我想他有看見我在看他，因為他本來正在吃大腿上的大包裝洋芋片，此刻卻停止了動作。

我們的旅館和機場相連：我從機場走過一條通道後，直接進入了旅館大廳——那裡擺了兩張椅子，但實在沒什麼大廳的樣子。威廉替我們辦好了入住手續——我們住的是兩個分開的房間——而我轉身望向正後方的吧檯。許多男人和一些女人正坐在吧檯邊的高腳木椅上，看著架在高處的電視。我從威廉身邊走向吧檯後方的女人，問她是否可以點一杯夏多內白酒。「酒吧停止營業了，」她頭也沒抬地說，「十點停止營業。」她手上正拿著幾個玻璃杯在水槽裡沖水。

「通融一下？」我問。鐘面指針顯示現在根本還不到十點五分，那個女人沒再開口，但替我倒酒的神態顯然不太開心。

我用一隻手拿著白酒杯，另一隻手把紫紅色行李箱推到威廉身後——我們的房間就在隔壁——我進入房間時發現房內很冷，因為空調設定在攝氏十五度。我這輩子都討厭冷。我把冷氣關掉，但知道房內溫度對我來說還是太冷。浴室裡有一小瓶（迷你尺寸的）漱口水，還有一把包在透明塑膠袋子裡的男用軟膠梳。我一直瞪著那把梳子瞧：這就是我父親會用的那種梳子，我都已經好多年沒見過了。這種小梳子的材質是塑膠，所以可以輕易對折成兩半，甚至想要折斷也沒問題。我敲了威廉的房門，他讓我進去後說，「老天爺啊。」他的房間也很冷，本來打開的電視在我進來後轉成靜音。我坐在床邊看著《鈕釦蒐集史》的節目廣告——三只不同的陶瓷碗放在木桌的編織墊上，裡頭裝滿各種鈕釦——下一段是有關阿茲海默症支持團體的廣告。

「跟我說說明天的計畫。」我說。

我們會在路上吃完早餐後前往霍爾頓，再開車經過婁伊思．布巴爾的屋子。就是去看一看。她住在和善街十四號。然後我們或許會開去一個叫作費爾菲爾德堡的城鎮，因為婁伊思曾在一九六一年在那裡被加冕為「馬鈴薯花皇后小姐」。威廉在網路上發現了一張她的照片，照片中的她就搭車穿梭在費爾菲爾德堡的街道上。我盯著他 iPad 上那張照片看，但那張照片很老舊，我看不出那個（當時很年輕的）女人究竟像不像凱瑟琳。不過我能看出她確實很美。她所在的花車上裝飾了大量的彩色皺紋紙條，街道上則塞滿人群、車輛和一些巴士。

「之後如果還有時間，我想去普雷斯克艾爾那座小鎮，因為婁伊思．布巴爾的丈夫是那裡人，所以我們可以去快速繞一圈。」

「好，」我說，「但為什麼？」

「就是都去看一看。」威廉說。

「好。」我說。

「所以我們早上會上高速公路去霍爾頓，到時候有什麼就看什麼吧。」威廉說。我覺得此刻的他看起來很衰老。站在床邊的他似乎委靡無力，眼神也黯淡無光。

「晚安，露西。」他在我起身離開時這麼說。

我轉身說，「你之前說會夜驚，那最近還好嗎？威廉？」

威廉伸出一隻張開的手掌說，「都沒有了。」然後又說，「自從我的人生變得更糟後就沒發作了。」

「我懂了。」我說，「晚安。」

我打電話請櫃檯多給我一條毯子，他們四十五分鐘後才送來。

我在那天晚上又夢到了公園大道的羅比，夢中的他仍是躁動不安。我起床，上了廁所，回到床上後又想起了他的事。

那是很多年前的事了。我離開威廉後跟某個男人——我都跟朋友說他是「公園大道的羅比」——算是有過一場外遇（不是我之前提過的作家，這場「勉強算是」外遇的關係是後來的事）。為了了解父親，我去紐約新學院修讀了二次大戰史，於是在課堂上認識了那個人。我去修課是想多了解突出部之役[5]和許根特森林戰役[6]，因為我父親打仗時去過那兩個地方，而且之後如我所說一直是個無比抑鬱的男人。他是在我修課的前一年死的。

我第一次跟公園大道的羅比打招呼是在電梯裡，後來我才意識到他在某方面——應該是臉上的某種表情——讓我想起了父親。他的年紀足以當我父親了，但我父親若是活著會比他老。不過公園大道的羅比衣著體面，身材很高的他常穿著海軍藍色的長大衣。

我第一次去他位於公園大道的公寓時，對房子像是沒人在住的狀態感到驚訝，不過就某方面而言，那地方確實也沒人住。公園大道的羅比結過兩次婚，最近一次交往的「女性友人」剛為了一個消防員離開他——讓羅比糾結的似乎是對方的消防員身分。「消防員欸。」他會這樣說，有時還邊說邊笑，但有時又只是搖搖頭。「天殺的消防員欸。我猜她只是厭倦我了吧。」他指的是這位前「女性友人」。

我們上了床，他對我很好。可是他在做愛時會說，「向媽咪發射！向媽咪發射！」這真是把我嚇到要發瘋。我得先吃兩顆皮包裡的鎮定劑才有辦法枕在他的胸口上睡過夜。

他每次都會這樣說。

在那三個月期間，我們一起度過了每個週六夜晚。

威廉一早就穿著那條太短的卡其褲來拍打我的房門，我的反應就跟前一天在機場第一眼見到他的褲子時一樣，但因為前晚實在太累，那分心碎情緒沒那麼強烈了。

威廉立刻告訴我——他站在我的房間門口——他前晚上床睡覺時突然感覺自己正抱著大概一歲的貝卡。「她滿身是汗——還記得她以前多會流汗嗎？——那張滿是汗水的小臉和頭就窩在我的脖子旁邊。哎呀，露西。」他望著我，我心中突然對他湧現一股愛意。他的臉因為想起我們孩子的年幼時期而浮現一抹痛苦。

5 Battle of the Bulge，一九四四年十二月到一九四五年一月，納粹德國於二戰末期在歐洲西線戰場比利時發動的攻勢。

6 Battle of Hürtgen Forest，第二次世界大戰中，美軍和德軍在許特根森林進行一系列的激烈戰鬥。

「喔，菲利，」我說，「我懂你的意思。有時我也會很清晰地回憶起過去。」

他盯著我瞧，我意識到他並沒有真的在看我。

「你昨晚有睡嗎？」我問他。他突然微笑起來，小鬍子抽動著說，「有睡。多瘋狂啊？我睡得跟寶寶一樣香甜。」

他沒問我睡得如何，我也沒告訴他。

我們拉著小行李箱下樓抵達租車處，上了車。這天天氣晴朗、溫暖，卻又不會太熱。眼前一座座空蕩蕩的停車場彷彿沒有盡頭。我們開車駛出機場時經過了兩個一上一下設置的廣告牌，上面的告示牌寫著「持續照護集團」，下面則是「天使來訪長照機構」——下面的廣告牌比較大，還用黃色和紫色畫了一個展翅的天使。「這地方很多老人啊，」威廉告訴我。「這是整個美國聯邦中，年紀最老、白人也最多的一個州。」

我們在高速公路上幾乎沒看到其他車。草葉從路旁的水泥邊欄中探出頭來。車子行經一個寫著速限每小時七十五英里的標誌。我從我這邊的窗戶往外凝望，有棵樹頂的葉子是橘紅色，沿途的樹葉已經以各種程度開始泛黃，還有一棵小小的樹完全變成了亮紅色。路邊的草有些褪色，整個畫面因為缺乏蒼鬱的綠色而散發出濃厚的八月風情。此外全是高聳的樹木。

然後我想起來了：

我跟威廉還是夫妻時總會在腦中浮現一個畫面——凱瑟琳活著時就有了，不過在她死後出現得更頻繁——那個只屬於我的畫面出現頻率很高，畫面中的威廉和我變成了《糖果屋》的漢賽爾和葛麗特，正在森林裡跟著麵包屑尋找回家的路。

我之前說我唯一有過的家是和威廉建立的家，這個畫面似乎跟那個說法矛盾，但在我心中兩者同樣真實，而且奇妙地沒有衝突。我不確定為什麼會這樣，但事實就是如此。我想可能是因為跟漢賽爾在一起就是能讓我感到安全——就算我們在森林中迷路也一樣。

我在車上逐漸有了一種熟悉的感受，其實從前晚感覺機場很不真實時就開始了。那時的機場感覺幾乎完全不像機場。我想我意識到的熟悉感受是這個：

我很害怕。

眼前的樹木愈來愈蕭索，接著又出現一大片濃密的松林。之後沒過幾分鐘，我在左側看見一片枯瘦的樺樹，此外就是無休無止的寬闊道路。四下都看不見站牌或其他車輛，只有一兩輛交錯駛過我們身旁的汽車。

我曾說我是個很容易感到驚慌的人，而在我們沿著高速公路行駛、眼前又幾乎看不見車子時，我心裡想的正是：喔，真希望我沒來這裡！

我害怕不熟悉的事物。紐約是我居住多年的所在，那裡的一切都讓我安心：我的公寓、我的朋友、住處門房、每站都有站牌的城市公車、我的女兒……凡此種種都好熟悉。而此刻的所在之處好陌生。我覺得驚慌。

我真的很驚慌。

但我不能告訴威廉，因為我突然覺得還沒有跟他熟到足以坦承這分恐懼。

媽咪，我在心裡哭泣，媽咪，我好驚慌！而我在心中自己捏造出來的親切媽媽說：是啊，我知道。

我們的車子不停往前開。威廉始終保持沉默，只是透過擋風玻璃凝望著眼前無休無止的道路。終於他瞄了我一眼，說，「好吧，不如我們休息一下？」我點頭。他把車子開下一條交流道。我已經不再透過車窗觀看任何事物了。

在停車場靠近餐廳前門的地方，我們走過一輛裡頭堆滿垃圾的停放汽車，其中的每個空間——除了駕駛座之外——都塞滿了垃圾，總之是些沒用的廢物。雖然沒看見其中有「生命」在滋長，但垃圾都已經滿到那輛轎車的天花板，包括報紙、用過的塗蠟包裝紙，還有那種用來裝食物的小紙盒。車子的車牌上有一個大大的V，意思是退伍老兵（Veteran）。

●
●

「威廉。」我囁囁著說。他說，「什麼？」我說，「你有看見嗎？」他說，「很難不看見。」他打開眼前的餐廳門走了進去，說話的語調中有絲冷漠——在我聽來是冷漠——我於是更恐慌了。

喔，恐慌這回事！

你如果沒體驗過不可能明白。

餐廳裡大概有十多個人，裝潢感覺就像間小木屋——我的意思是，牆面都是由圓柱狀的原木所組成——女服務生也都很親切。其中一名口紅很紅的服務生帶我們去小包廂坐下，她的身材偏矮，體態豐腴，招呼我們的態度非常明亮愉悅。威廉讀起菜單，但我不餓，所以只在服務生回來為我們點餐時點了一份炒蛋，威廉則點了蛋和肉末馬鈴薯泥。

在我們的另一邊——右側的另一邊——有個完全沒牙齒的男人，他的身邊還坐了另外兩個男人。沒牙的男人正談起自己需要一份護照。

「威廉。」我說。

他看向我。「怎麼了？」

我默默地說，「我覺得恐慌。」

然後我看見——我覺得我看見了——威廉整個人朝他的體內委頓、塌陷了進去。

「喔，露西，你到底為何天殺的要恐慌？」

「我不知道。」我說。

「你還會這樣啊？」

「好一陣子沒有了，」我說，「就連——」我本來打算說就連我丈夫死掉時也沒有。那種哀痛的感受和恐慌不同，但我沒說出口。

我發誓我看見威廉幾乎是翻了個白眼。「所以我該怎麼辦？」他問。我在那個當下好恨他。

「不用怎麼辦。」我說。

然後威廉說，「或許是因為這裡讓你回想起童年。」

我說，「這裡沒有讓我回想起童年。難道你剛剛有看見大豆田嗎？」不過後來我明白他是對的。我們在來這間小餐館吃早餐之前一個人也沒看見，這種孤絕感讓我恐慌。

「好吧，露西。」威廉往椅背上靠。「我不知道能為你做什麼。你也知道，我的妻子七週前離開我了。」

「而我丈夫死了。」我說。我心想：這是在比賽嗎？

威廉說，「我知道。但我不知道該怎麼處理你的恐慌，我一直都不知道該怎麼辦。」

我說，「其實你可以幫我開餐廳門，而不只是自己匆忙地走進去。」我又說，「話說回來，你也可以穿條夠長的褲子啊！你的卡其褲太短了，看了真讓人難受。老天爺啊，威廉，你看起來就像個書呆子。」

威廉重新坐直身體，表情真心顯得驚訝。「你真的這麼想？你確定？」他把身體移到座位的最邊緣，站起身。「你是認真的？」他俯視著我問。

「是！」我說。他的小鬍子開始抽動。

他重新在我對面坐下，頭往後仰，口中發出我多年沒聽過的誇張——而且是很真心的——笑聲。

我的恐慌消失了。

「聽聽你自己的鬼話，」威廉說，「露西．巴頓在嫌別人的褲子太短。」

「對，我就是要嫌你。那條褲子實在太荒唐了。」

威廉笑得更誇張了。「說我是書呆子？現在還有誰在說『書呆子』？」

「我啊。」我說，威廉又笑了。

「我最近才買了這條褲子，」他說。然後他又說，「我確實有在想是不是太短了。」

「是。真的太短了。」

「我試穿時沒穿鞋子。」

「算了啦。」我說，「但你該把這條褲子捐出去。」

我因為威廉的笑聲開心起來，之後也就沒事了。

服務生為我們送來了兩盤驚人的食物。威廉那盤裝著紅紅的肉末馬鈴薯泥，泥上蓋著兩片荷包蛋，再上面堆了馬鈴薯塊，另外搭配三片厚切麵包。我的盤子上則是亂糟糟的炒蛋、油膩培根，以及三片很大的薄麵包。「喔，老天。」我說。威廉也開口，「老天爺啊。」

「好，現在聽我說，我們到底該拿妻伊思．布巴爾怎麼辦？」威廉問。他在盤子上對著那堆紅紅的食物戳來戳去，之後才終於放入口中。

我說，「到現場就會知道該怎麼做了。」

我們聊起了妻伊思。我們聊她當過馬鈴薯花皇后小姐，聊她是否可能知道自己的母親丟下了她。威廉覺得她知道，我卻沒把握。「是啦，誰知道呢？誰又能真正知道呢？」威廉說。然後他搖搖頭。「喔，天哪。」他說。

服務生過來表示可以幫忙把剩下的食物打包。威廉說，「喔，沒關係，我想我們吃飽了。」

「確定嗎？」服務生似乎很驚訝。那對塗了口紅的嘴唇抿了起來。

「是。」威廉說。她表示會把帳單送來。「說不定她是我的親戚呢。」威廉說這話時不像在開玩笑。

「有可能。」我說。

我們走出餐館時，威廉打開門擺出恭送我的誇張手勢。

我們驅車穿越餐館所在的小鎮，途中經過一個告示牌：「莉比的多彩精品店：地毯、層壓板材、塑膠鋪地材料，已歇業。」開車離開小鎮時，我們看見許多美國國旗在電線桿上飄揚，一面接著一面，中間偶爾點綴著黑色的戰俘旗。我們有段時間找不到上高速公路的交流道，只好一直在蜿蜒的小路上行駛，荒涼的路邊一度出現矮短的濕地香蒲，另外還有濕地常見的「一枝黃花」和一種平常尖端是乾燥、呈棕色的草，此刻泛著輕微的粉紅色。在八月底這樣一個週四的大白天，四周不但看不見車，就連個人影也沒有。不過到處都有幾乎傾頹殆盡的屋子，這些屋子的側邊牆面畫了代表退休老兵的星星，其中金色星星代表的是死去的老兵。

我們開車經過一個寫著「為美國祈禱」的告示牌以及聯合聖經營隊的小屋。

許多鏽穿的廢棄車堆在一棟老舊建築旁，那棟建築看起來已經好多好多年沒人使用了。這些車和建築都離道路有一段距離。

●●

我說，「如果我是想殺掉年輕女孩又棄屍後脫罪的男人，我就會選擇在這裡下手後拋屍，老天爺。」

威廉瞄了我一眼。他的小鬍子隨著微笑而扭動，還伸手在我的膝蓋上拍了一下。「喔，露西。」他說。

不過那些話才剛說出口——就是我說自己是男人、又打算拋棄年輕女孩屍體之類的胡說八道——我就意識到了：

車子沿著這條路行駛時，我在那些建築傾頹、路邊雜草叢生，並且四下無人的場景中，回想起一個與此刻極為相似的記憶。我很小時曾有一次坐在父親卡車的副駕駛座上，車上只有我們兩人，他在開車，敞開的車窗讓我的頭髮迎風飄散——我們當時是要去哪裡呢？那段回憶跟我童年時期的其他陰鬱回憶不同，其中有些成分深深、深深觸動了我。當我坐在父親身旁，他開著老舊的紅色雪佛蘭卡車前行時，我幾乎感覺——我該怎麼形容那種感覺呢？——總之我確實有種自由的感受。現在坐在威廉身旁的我幾乎想大手一揮，宣布：這個地區的人都是我的同類。但其實他們不是，而且我始終不覺得自己屬於任何群體。不過此刻身在緬因郊區的我突然想通了，若要描述這些住在自己房子裡的人以及我們經過的這幾棟屋子，我想我只能用這種方式。我知道這樣說很怪，不過我曾有幾度真的覺得：我能理解目前身處的這個地方。甚至我也愛著住在那幾棟房子內、把卡車停在房子前方，但我們沒看見的所有人。這幾乎就是我擁有的感受。這就是我的感受。

但我沒告訴威廉。他的老家位於麻州的牛頓，而不像我一樣，來自伊利諾州的貧窮鄉鎮阿姆加什，而且他後來在紐約住了好多年。我雖然也在紐約住了好些年，但威廉是真正融入其中——看看他的那些訂製西裝吧——我始終沒有像他一樣真正融入紐約。我就是沒有。

我想起我在某場派對上認識的一位女性。那是我在大衛死後參加的第一場派對——也是唯一一場。我本來以為自己會很不適應，不過現場有個應該比我年輕十歲的女人，我猜大概五十三歲吧，她跟我說她用了一個線上網站「Ijustwanttotalk.com」（我只是想談談網站）後人生有了改變。她在說這些話時張大了一雙直率的眼睛——我一直很想提醒她清理卡在眼角的那一小塊粉底——但後來我完全沒再管那塊粉底了，因為她說的內容太驚人了。她才剛結束一趟芝加哥的旅行，她是去那裡的德雷克旅館跟一個男人見面——她說兩人是第三次見面——但他們只有聊天。他們的目的就是聊天。

我問她會不會害怕自己的年齡是個問題——我是指她畢竟是去跟一個男人見面——而且她之前也提過這方面的恐懼——她說一開始會，但一見到他之後（她用手扶住我的手臂）她就想，喔，他真是太寂寞了！「而我也是。」她點點頭。她說他們輪流說話。她跟我說她需要找人談她婆婆，因為就算她的婆婆已經過世多年，她卻覺得「跟她還沒個了結」。跟她見面的傢伙名字是尼克，他想談的是他兒子。他說他兒子有一大堆問題，但他的妻子已經不想再討論了，所以輪到他說時，他就是在談他的兒子。「我們就只是聆聽對方。」她說。她啜飲了一口氣泡水——我注意到不是葡萄酒——同時還不停點頭。「我甚至不知道尼克是不是他的真名。」她說。

我問她是否有可能愛上他。

她又啜飲了一小口氣泡水，「你竟然會這樣問！真有趣，因為我第一次見到他時想，喔老天，不，我永遠不可能愛上他！這當然是好事，但很好笑的是，我上一次見他之後一直在想他，就是，可能有那麼一點——」

「哈囉！」一個比較年輕的女性對她打招呼後抱住她，原本跟我說話的女人高舉起手上那杯氣泡水，「喔老天，你竟然有來！」之後我就再也沒見到她了。

人都是很寂寞的啊，我要說的是這個。很多人都無法對熟人說出心中覺得可能想訴說的話語。

我們大概在中午時抵達霍爾頓。陽光灑落在當地巨大的磚造法院和郵局上。主街道上有幾間店——包括家具店和衣飾店——我在我們緩慢開過那條街時看見了一個寫著「和善街」的路標，於是大喊，「威廉，我們就在和善街上！」車窗外能看見的所有木造屋子都很小。我們先是經過兩棟白屋子後才開過和善街十四號。十四號的建築是整個街區最漂亮的房子。那棟房子可不小：三層樓的建築不久前才重新上過油漆，牆面漆成深藍色，邊緣是紅色，屋前有座小花園，前院還有張吊床。威廉在我們駛過時緊盯著那棟屋子瞧，他繼續往前開後在下一個街區靠邊停下。

「露西。」他說。

我說，「沒錯。」

我們在那裡坐了幾分鐘，太陽從擋風玻璃照射進來。我環視四周，發現附近有座圖書館。「我們去圖書館吧。」我說。

「圖書館？」威廉說。

「對。」我說。

圖書館內有道向上延伸的螺旋樓梯，另外有個借還書櫃檯，人不多，我們可以看見一名年輕女性和一個老人在看報紙。整體氛圍很舒適，就是座小鎮圖書館該有的樣子。圖書館員抬頭望向我們，她大概五十五歲，頭髮幾乎沒有顏色可言，我指的是那種非常淺的棕色——她年輕時一定是金髮。她的眼睛不大也不小，我是指她的長相中庸。不過她待人和善，幾乎立刻就開口跟我們搭話，「需要幫忙嗎？」我想她或許知道我們不是這個小鎮的人。

我說，「我們來這裡是因為我丈夫的父親是德國戰俘，之前來這裡的馬鈴薯田工作過。你們有任何相關資料嗎？」

她仔細打量我們後，從櫃檯後方走出來說，「是的，我們有。」她帶我們到主建築的一個角落，那裡的收藏都跟戰俘有關，我看見威廉的臉在看到時情緒激動起來。這裡的牆面掛了一些德國戰俘之前畫的藝術作品，另外還有收錄戰俘主題文章的雜誌跟一本薄薄的冊子。

「我的名字是菲莉絲。」那個女人說。威廉跟她握手，這個舉動似乎讓她有點驚訝。她問了他的名字，他告訴她，然後她又轉頭問我的名字，我囁嚅地說，「露西．巴頓。」「好的，你們自己逛逛吧，」菲莉絲說。她拉來兩張扶手椅給我們坐。我們向她道謝。書架上有一層放了老照片，我望向其中一幅，「威廉！這裡有他！」照片中跪在地上的四個男人都被標記了名字，其中一人露出微笑，剩下的人沒有。威漢爾姆．葛拉德就在最旁邊。他沒有微笑，頭上的帽子沒戴好，嚴肅望向鏡頭的神態幾乎可說是「管你去死」的表情。威廉接過照片死盯著瞧。我在他檢視照片時望著他的臉，然後別開眼神。我再次回頭時，威廉還盯著照片。終於他面向我說，「是他，露西。」然後他用更沉靜的語調說，「是我的父親。」我再次望向那張照片，並因為威廉父親臉上的表情——再一次——感到震驚。照片上的所有男人都很瘦，不過威廉父親的眉毛顏色很深，眼珠子顏色也很深。他的神態中有一絲輕蔑。

此時還站在我們身後的菲莉絲說，「他們在這裡受到很好的對待，我們對此感到驕傲。看看這些——」她給我們看一本集結成冊的書信影本，其中收集都是戰俘回家後寫給前雇主的信。我發現每封信都是在請那些農夫寄食物到德國。「有個農夫寄了好多箱物資給他們。」菲莉絲說。她翻動那本薄薄的冊子，讓我們看那個農夫將一箱箱貨物搬上輸送帶的照片。農夫的名字並不是特雷斯克，當然我也沒預期會是那個名字。「你們慢慢看。」菲莉絲說，然後回到了借還書櫃檯後方。

威廉用手肘頂頂我，再指向手上那本薄冊子最後幾頁的一行句子。上頭引述了一名戰俘在希特勒生日當天說的話，他說他們在四月二十日早晨將繡了「卐」字的紫色納粹黨徽掛在所居住的營房外。我在其中一封信中發現戰俘在戰後有段時間沒有足夠食物可吃，於是想起凱瑟琳為那些男人送甜甜圈的故事。我們在那裡讀資料，坐了超過一小時，然後菲莉絲又來告訴我們，「我丈夫退休了，他想帶你們去看他們住的營房——嗯，就是目前還剩下的那些營房——如果你們想看看在哪裡的話，其實就在機場附近。」

威廉的臉上散發出感激的光芒。「喔，可以的話就太好了。」他說。菲莉絲用手機回覆訊息後對我們說，「他十分鐘後到。」所以我們收拾好隨身物品，回到前檯。此時前檯放了一堆我的書。「你願意為圖書館的書簽名嗎？」菲莉絲問。我說當然沒問題，但也很驚訝她竟然知道我是誰（正如我之前所說，我一直覺得自己像個隱形人），不過我還是站在那裡把書都簽了。

菲莉絲的丈夫名叫勞爾夫，他和他的妻子一樣待人和善。他的頭髮跟她一樣曾經是金色，如今卻沒有顏色可言，至於身上穿著卡其褲——長度正確——和紅色T恤。我們搭著他的吉普車前往目的地。他開車載我們前往機場的大多時間都在跟威廉說話——威廉坐在副駕駛座，我坐在後座——車外陽光閃耀。他花了大約十五分鐘帶我們去看目前還剩下的一座塔樓，那是座不太高的守衛塔，然後開車駛入一段泥土路後到處晃了一陣子，好讓我們看看剩下還在的營房。這裡曾住了超過一千名戰俘，但現在只剩一個角落還留著一部分水泥建築。

此時發生了件怪事。我不確定要怎麼描述才顯得可信，但就讓我直接說明整個過程吧：我望著一座僅剩水泥的建物，上方有綠色植物垂落下來，燦爛的陽光讓綠葉閃閃發亮，然後我感覺腦中有什麼踉蹌了一下，此後，勞爾夫說的都是我早就知道的內容。我的意思是，就在每個字詞從他口中吐出之前，我就已經知道他要說什麼了。那些都不是什麼重要的話，大多是在說明這地方是如何被建造起來，之前又是如何將戰俘與外界隔絕，只是在我腦中有個女性的聲音把勞爾夫要說的話都先跟我說了。我感覺一片混亂：這就是所謂的「既視現象」嗎？我很清楚不是。我所經歷的狀況持續得更久，實在是一個很奇怪的片刻，或者說，很奇怪的好幾個片刻。

勞爾夫把我們送回我們的車子旁。我們握手，威廉和我都表示感謝他。接著我在上車後跟威廉說了剛剛發生的事。他盯著我看了一陣子，表情像是在努力思考。「我不懂。」他說。

「我也不懂。」

「像是發生了某種神祕異象嗎？」他問。我以前就看過幾次異象（我母親也有過幾次經驗）。身為科學家的威廉知道我有這種情況，而且也都相信我告訴他的內容。

「不，」我說，「就只是我剛剛說的那樣而已。」然後我說，「有點像是我有一瞬間滑入了兩個宇宙之間，只是待在那裡的時間比一個片刻還要長。」

他似乎還在消化這些資訊，然後搖搖頭。「好吧，露西。」他發動了車子。

我母親看到的異象：

我母親曾有一個客戶——她會替客戶縫補或修改衣物——要去進行膽囊手術，而就在她要動手術的前一天晚上，我母親夢到那女人得了癌症。隔天早上，我母親在我們家的洗衣機旁流淚，我問她怎麼啦？她說那個女人「全身都會被那東西充滿」——而結果也確實如此。她在十週後死了。

後來我們鎮上有個男人自殺，而我母親早在幾週前就預言他會這麼做。「我看見了。」有天她這麼說，然後他也真的自殺了，在田裡舉槍自盡。他是公理教會的執事，人很好，我記得他曾在我們感恩節去教會領取免費餐點時對我微笑。

另外有個男孩在我很小的時候失蹤了，我母親說他是掉進井裡，她說她是在一次異象中看見的。我父親說她應該告訴警方，她說，「你瘋了嗎？他們會覺得我瘋了！我們還得處理這種麻煩嗎？」她說，「難道要搞到鎮上的所有人都覺得我們瘋了嗎？」之後那個男孩在井裡被發現，她也用不著告訴任何人了。這件事只有我們知道。他到現在還活著。

我在克麗希出生後收到一封母親的來信——我沒跟她說我懷孕了——她在信裡寫道：你又懷了一個小女孩，我在異象中看到你抱著一個包在毯子裡的寶寶，我知道那是個女孩。

我總是無條件接受我母親的各種面貌。

我自己看見的異象雖然頻率不算低，但很少成真，所以我從沒當一回事。（我作過有關威廉外遇的夢，如果那算「異象」的話確實有成真，但我認為不是，我說真的——）不過，還有過這麼一件事：

多年前我曾在曼哈頓的一所大學教書，我有個好朋友也在那裡教書。某次我到她位於長島郊區的房子拜訪，卻不小心把錶留在那裡。那是一只在百元商店買的錶，完全不值錢，所以我沒放在心上，也沒向她問起。但後來有天早晨搭上地鐵時——錶都丟掉好幾個月了——我卻在腦中看見那只錶出現在我的大學信箱裡——所謂信箱其實就是一個木製開放層架的隔間——然後在抵達現場時看見了一模一樣的畫面：那只錶就在我的信箱裡。那真是最古怪的一次異象了，因為那只錶對我來說毫無意義，但一切還是發生了。

我們想要在霍爾頓吃午餐，但唯一找到的店面下午兩點半就關門了，而當時已經是兩點三十五分。「抱歉。」店裡的女人在門口這麼說後關上門、插上門閂。「這裡還有其他地方能吃飯嗎？」威廉試圖透過玻璃詢問，但那個女人直接走開了。

「老天爺啊，」威廉說，「好吧，我們去費爾菲爾德堡吃。」

威廉的計畫是我們可以開車去費爾菲爾德堡，看看婁伊思光榮當選馬鈴薯花皇后小姐時搭乘花車穿越的街道——我實在不懂這對威廉來說為什麼重要——然後我們會在普雷斯克艾爾過夜——那是一座距離霍爾頓四十英里的城市，但距離費爾菲爾德堡只有十一英里——關於普雷斯克艾爾，威廉是這麼說的，「我很有興趣，因為婁伊思的丈夫在那裡出生。」然後我們會再思考隔天回程經過霍爾頓後，回機場搭夜班班機回紐約前要做什麼。我是說，我們會再思考該怎麼處理住在和善街十四號的女人，也就是威廉同母異父的姊姊，婁伊思．布巴爾。

在前往費爾菲爾德堡的路上，我們眼前突然出現了大片天空，我有點興奮，因為我的成長過程中總是有大片天空的環繞。這片天空因為陽光而極為美麗，上頭有如同棉被般的一簇簇低矮雲朵，陽光在雲朵間出入穿梭，打亮了底下的綠地。我們開車經過一大片向日葵，還經過許多種滿紅花草的田地，我很小就知道人們應該在春天時將這種為黑土增添養分的覆土作物整片刨起。真有趣，我在這片幾乎可謂熟悉的場景中感受到了微小的幸福，沒想到今早因為與世隔絕而湧現的恐慌竟轉為這種情緒。我想說的是我感受到了一種幸福，也因此再次想起那段回憶：我很小時坐在開卡車的父親身旁那次。

我們沿路往前開——四下幾乎又是舉目無車——此時威廉說，「我很抱歉我在我們結婚時幹的那些蠢事，露西。」他始終直直盯著眼前的道路，雙手擱在方向盤的底部。他開車時的狀態似乎比較放鬆。

我說，「沒事的，威廉。我後來也變得很不對勁，我很抱歉。」

他輕輕點點頭，繼續往前開。

我們之前也有過類似對話——內容幾乎一模一樣——當時我們已經分開好幾年。這類對話出現的頻率雖然不高，但我們仍每隔一陣子就會這樣彼此致歉。聽來或許很怪，但對威廉和我而言並不奇怪。我們的個性就是會做出這種事。

此刻進行這種對話感覺完全合適。

「我來傳訊息給女兒。」兩個女兒也都很快有了回應。「真想趕快聽你們回來分享一切！」貝卡寫道。

我們開車經過兩間裝了衛星電視接收盤的小房子。其中一間房子的庭院顯然屬於農夫，裡頭停了四輛用來搬運作物的長卡車，但因為很多年沒開，周遭長滿了雜草。

威廉說，「我父親有參加希特勒青年團。」

「再跟我說一次吧。」我說。他好多年前就跟我說過這件事了。

威廉說，「我唯一有辦法記得我父親提起戰爭的一次，是因為電視上播了某個節目，我想想是什麼呢？德國戰俘營的節目吧？總之是個搞笑節目。」

我沒有試圖回答這個問題，因為我的成長過程中沒有電視，另外也因為我聽過這個故事了。

威廉繼續說，「我父親說，『這是個垃圾節目，威廉，你不准看。』然後轉頭對我說，『德國幹的那些事真的很糟。我不覺得身為德國人可恥，但那個國家做的事讓我覺得可恥。』」威廉又若有所思地說，「他一定以為我年紀大到可以理解這一切了，但我才大概十二歲。然後他說他參加過希特勒青年團，他說他當時別無選擇，也沒想很多，後來還去了諾曼第。總之他想要我知道他參加過希特勒青年團。他說他以為自己會死在法國的壕溝裡，但那四個美國大兵沒殺掉他，所以他總是希望能找到他們、表達謝意。我是說他想要我知道他不支持德國做過的事——至少在他告訴我的當下是那樣。而我只是說，『好的，爸。』」

威廉一邊開車一邊搖頭。「老天，真希望我有跟他多聊一些。」

「就是說啊，」我說，「我懂。」

「至於凱瑟琳・柯爾——除了你聽說的那些，她從沒跟我聊過她對戰爭的想法。」

這我也知道，但我沒說什麼。

威廉為我們的婚姻道歉讓我想起了這件事：

威廉在距今的許多年前第一次跟我說他有外遇，儘管他宣稱沒有愛上任何一個外遇對象，我卻覺得他特別在意其中一個人。那名女性跟他一起工作——不是瓊安——我認為他就是為了那個女人離開我的。某次我們四人——我是指威廉、我和兩個女兒——去了英格蘭，他以為我一直很想去所以我們就去了，之後沒過多久我就發現他和那些女人的事，不過如我所說，其中有個特別的女人。某天晚上在倫敦，我在女兒睡著後走進浴室開始哭，然後哭著對走進來的威廉說，「拜託、拜託別離開我！」他說，「為什麼這樣說？」我非常清楚記得自己緊抓住浴簾坐在地板上，後來又扯住他的褲腳，哭到喘不過氣——我說，「因為你是威廉！威廉就是這種人！」

威廉後來在我決定要離開他時哭了，但他從未說過類似的話。他只說，「我很怕寂寞啊，露西。」我一直等待但從未聽過他說，「請別離開我，你可是露西啊！」

我離家後曾打電話問他：我們確定要離婚嗎？他說：如果你確定不可能為這段婚姻帶來任何改變就離婚。

我想不出任何可能性。我是說我想不到自己可能為這段婚姻帶來任何改變。這就是我的意思。

關於主導權：

我教寫作時——我已經教了很多年——都會談及主導權。我告訴學生，落筆時最重要的就是要掌握主導權。

我在圖書館看到那張威漢爾姆・葛拉德的照片時，心想：喔，那是個懂得掌握主導權的人。我立刻明白凱瑟琳不只是因為他的長相愛上他，也因為他看起來就像是可以依照指示行動，卻又不容許任何人能掌控他的靈魂。我可以想像他彈奏鋼琴後走出大門的樣子。然後——慢慢地——我意識到這件事：我也是因為這種掌握主導權的氛圍愛上了威廉。我們渴望受人主導。真的。無論旁人怎麼說，我們就是渴望受人主導。我們想要相信某個人的存在能帶給我們安全。

即便經歷了各種困難——我後來將一切統稱為「困難」——威廉始終沒有失去他足以主導一切的權威。雖然我覺得我們是在森林裡面迷路的漢賽爾和葛麗特，但他的存在總能讓我感到安全。有人能讓你感到安全到底是什麼意思？真的很難說。不過無論是在我認識威廉時、跟他結婚後，又甚至是在我們經歷了那麼多困難之後，我還是擁有這種感受。我還記得才剛跟他結婚時就遭遇了許多問題（正如我之前所說），我當時對一個朋友說，「我就像條魚，一圈一圈游啊游地撞上了這塊石頭。」

我們經過了一個告示牌：歡迎來到待客費心費力的費爾菲爾德堡。

威廉往前傾身，透過擋風玻璃往外瞧。「什麼鬼招牌啊。」他說。

我說，「就是說啊，老天。」

鎮上的所有店都沒開，街上一輛車都沒有。有棟建築——真的是一整棟建築——寫著「村鎮公共中心」，但上頭也掛了「招租」的牌子。很大的「第一國家銀行」建有華麗的柱子，但大門也被釘上木板，其他許多店面也同樣釘上了木板，只有主街尾端的郵局似乎還開著。主街後方有條平行延伸的河。

「露西，這是怎麼回事？」

「我不知道。」但那真是個很詭異的地方。鎮上一間咖啡店都沒有，衣飾店或藥局也看不見，總之沒一間店在營業。我們重新沿著主街開回來，四周一輛車都沒有，然後我們離開了。

「這個州的麻煩可大了。」威廉說。我可以看出他很震驚，我也一樣。

「我真的很餓。」我說。眼前連座加油站都看不見。

「我們去普雷斯克艾爾吧。」威廉說。我問距離有多遠，他說大概十一英里——但我們還沒上高速公路啊——我說我不認為自己還能餓那麼久。「好吧，張大眼睛找，只要看到有地方能吃飯，我們就停車。」他說。

我在車子開了一陣子後說，「為什麼你這麼想來費爾菲爾德堡？」

威廉有一陣子沒說話。他的眼神穿越擋風玻璃，下唇咬著自己的小鬍子。然後他說，「我想說，等我們跟妻伊思·布巴爾見面時，我可以跟她說我們去過了費爾菲爾德堡，那個她被選為馬鈴薯花皇后小姐的地方，這樣她會覺得我們是真心想認識她這個人，可能會讓她感覺比較好。」

喔，威廉，我心想。

喔，威廉。

然後威廉說，「等等，我記得理查德．巴克斯特就在緬因長大。」

威廉在我們剛認識時就跟我說過理查德．巴克斯特的成就。理查德．巴克斯特是名寄生蟲學家——跟威廉的專長一樣是熱帶疾病——巴克斯特發現了一種可以診斷查加斯氏病的方法。當時其實已經有診斷這種病的方法，只是等病人被診斷出來時通常都死了，而理查德．巴克斯特找出了一種能更快做出診斷的方法。他發現——如果我的理解沒錯的話啦——我們只需要檢查凝結的血液就能發現這種寄生蟲。我們剛認識時，威廉就在芝加哥附近的一間大學研究查加斯氏病，而巴克斯特是在那時的十年前發現更快速診斷這種疾病的方法。

威廉把車在路邊停下後，拿出 iPad 查詢了幾分鐘。「好。」他啟動引擎往右轉，我們於是開上了一條不同的路。威廉說，「那個男人啊，他是個沒受到應有重視的英雄。他拯救了很多人的生命，露西。」

「我知道，你跟我說過。」我說。

「他在新罕普夏的大學進行研究，不過是在緬因出生長大。我剛剛才想起這件事。」

我四處張望車子行經的周邊田野，看到小山丘上有輛馬拉車，有個戴著大帽子的男人駕駛著那輛車。「看看那裡。」我說。

「是阿米什人[7]，」威廉說，「他們從賓州搬到這裡的農場。我有讀過報導。」

然後我們經過一棟農舍，農舍的前門廊上有兩個孩子，其中的小男孩也戴著那種大帽子，另一個穿著連身長裙的小女孩頭上戴了頂小女帽。他們非常激動地向我們揮手，我們也向他們激動揮手！

「喔，我覺得真噁心。」我一邊揮手一邊說。

威廉說，「為什麼？他們只是在用他們的方式生活而已。」

「可是這種生活方式實在太瘋狂，連孩子也得被迫參與。」我意識到這種場景讓我回想起自己的童年，畢竟我也來自類似的家庭。跟我背景不同的大衛也有同樣與世隔絕的經驗。

最近——我是說之前在紐約的時候——我看了一部紀錄片，拍的是那些離開哈西迪教猶太社群的人。我是因為死去的丈夫才看的，但看到一半就看不下去，因為內容實在太貼近我自己的經驗——我指的不是那些人丟在腦後的世界，那是我完全不熟悉的世界，而是他們離開那個世界後所陷入的處境。他們對流行文化一無所知，大衛跟我正是如此

7 阿米什人（Amish）是基督教的一個門派，基本上過著拒絕電力及幾乎任何現代科技的簡樸生活。

——而且我到現在都還是這樣。那種匱乏已經成為了我們的一部分。

「我是說我看不下去，這些孩子根本沒有翻身機會了。」我用一隻手使勁朝剛剛經過的房子彈了一下指頭。

威廉沒回答。我可以看出他腦中在想的不是阿米什人。幾分鐘過去，他說，「在這種地方出生，長大後卻成為熱帶疾病專家，多奇怪啊。」我等他說下去，但他沒再開口。

所以我說，「你的工作如何？威廉？」

他瞄了我一眼。「毫無進展，」他說，「我完蛋了。」

「哪有，沒這回事。」

「我完蛋了。」

我沒有回應。我們安靜了一陣子，而車子仍沿著道路前往普雷斯克艾爾。「天啊，我需要食物。」我的頭已經感覺不太對勁，就好像快要失去跟外界的連結。我每次需要食物時都會這樣。

威廉說，「現在這樣，你說我們能去哪找食物？」他說得沒錯，四下沒有任何可去的地方。我們開車經過的只有樹，一棟房子也沒有，這種情況延續了好幾英里。

我從我這側的窗戶往外望向無休無止的人行步道，步道旁長著尖端乾枯的草枝。我問他，「你嫉妒理查德．巴克斯特嗎？」我不知道我為什麼這樣問。

威廉快速看了我一眼，他駕駛的車子往旁邊歪了一下後，又立刻重回正軌。「老天，露西，你在說什麼鬼話？不，我才沒有嫉妒那個人，天啊。」不過幾分鐘後，他說，「但你可沒聽過什麼葛哈德診斷方法，是吧？」

所以我說，「威廉，你幫助過無數的人，你在血吸蟲病的領域貢獻良多，而且你教導了很多人——」

他舉起一隻手示意我到此為止。我照做了。我沒再說話。

我們繼續驅車前行，威廉突然發出幾乎像是在笑的聲音。我轉向他。「怎麼了？」我問。他仍然直直望著前方的道路。「你知道你和我之前辦過一場晚宴——好吧，其實不該稱為晚宴，你向來不知道怎麼辦真正的晚宴——反正那次我們邀了一些朋友來。等他們都回家真的很久、很久之後，我本來都準備睡了，但下樓時發現你在飯廳——」威廉轉頭瞄了我一眼。「我看見——」他再次發出那個幾乎像是在笑的聲音，眼神重新望向前方。「我看見你彎腰親吻桌上的鬱金香。你在親鬱金香啊，露西。每一朵都親。老天，那真是怪透了。」

我望向我那一側的車窗外，我的臉頰感覺好熱。

「你真是個怪傢伙，露西。」他過了一陣子後說。這個話題也就到此為止。

每天早上，大衛都會在洗完早餐碗盤後坐到窗邊的白沙發上，拍拍身邊的空位要我坐下，而且每次都會對著坐下的我微笑。然後他會說——每天早上他都會這麼說——「露西寶、露西寶，我們是怎麼認識的啊？我真感謝老天讓我們相遇啊。」

就算到了世界末日他也不會嘲笑我。永遠不會。無論如何都不會。

隨著車子往前開，我突然全身心靈都深刻地回憶起和威廉結婚的那些年，我偶爾會覺得婚姻有多麼令人厭惡：那種太過熟悉彼此的氣味，濃密地瀰漫在兩人相處的空間內，你的喉嚨因為意識到另一個人的存在而幾乎要哽住，就像是那氣味真的塞住了你的鼻腔——那氣味是另一個人的思緒、是你過度的字斟句酌、是有人稍微挑起眉毛的細微動態、是下巴幾乎無人察覺的傾斜角度。這一切的意義，除了親密關係中的對方無人知曉，卻因此讓人不可能活得自由，永遠不可能。

親密因此變得無比嚇人。

我們開車抵達了普雷斯克艾爾，天色還很亮，畢竟八月的白日漫長，時間也還不到下午五點。至少這裡有座小鎮了，不過看起來人很少。有個坐在主街上的男人把糖精倒入一瓶水裡後拿出翻蓋手機。我已經好多年沒見過翻蓋手機了。「我們為什麼來這裡？」我問威廉。「再跟我解釋一次。」他說，「因為妻伊思．布巴爾的丈夫在這裡出生。你都沒在聽我說話嗎？」

我心想，喔，威廉，老天爺啊，威廉。我心裡就是這麼想的。

他開車時幾乎沒說話，我知道他心情不好，我想是因為我問了他的工作，而且還指控他嫉妒理查德．巴克斯特。可是威廉的沉默讓我覺得寂寞。

這座小鎮的鎮中心讓我聯想到西部小鎮，就是老時代的那種小鎮，我想是主街旁那一排建築物不高的緣故。我們把車停進鎮中央一間旅館的停車場，威廉在那裡訂了房間。這間旅館的大廳也很小——就跟機場那間旅館的大廳一樣——同樣很小的電梯花了好長時間才抵達三樓。「等等見。」威廉說。他拉著附輪行李箱沿著走廊繼續往下走。他的房間就在我房間的斜對面。

「我快餓死了。」我說。

「所以我們要去吃飯了啊。」他頭也沒回地說。

那是間配備基本的旅館房間，但書桌上有座巨大的藍色桌燈，我應該沒見過這麼大的桌燈。房間因為窗戶沒有面對此刻的夕陽而顯得陰暗，所以我試圖打開桌燈，但打不開。我檢查了桌燈有沒有插電，插頭確實插著，但燈就是沒亮。窗戶面對主街，我能看見那個男人還坐在長椅上，但翻蓋手機已經收起來了。我沒看見任何其他人。我在床上坐下，發呆。

凱瑟琳快要過世前，我在麻州的牛頓和她度過了那年夏天，當時分別八歲和九歲的兩個女兒也和我們待在一起。我為她們在那裡找了夏令營參加——威廉則是在週末時過來。兩個女兒輕易交到了朋友，尤其是克麗希，而且由於她和貝卡始終如同我之前所說的那樣親密——當然也常常吵架啦——克麗希的朋友也成了貝卡的朋友。

我的重點是：我有過一段跟凱瑟琳相處的兩人時光——不過威廉總是稱呼她的全名：「凱瑟琳．柯爾都還好嗎？」——而我覺得凱瑟琳和我在這段時間非常合得來。我非常古怪地（至少我覺得古怪）不害怕死亡，而當她的朋友不再前來拜訪她，幾乎只剩我陪伴著頭髮掉光又很瘦的她之後，凱瑟琳僱用了一位管家，讓她晚上來幫忙照顧我的女兒。在我的回憶中——她只崩潰過一次：她一發現自己得病後就來紐約通知我們，出現時全身發抖，看到她那樣真令人難受——除了那次之外，我們基本上無時無刻不在聊天。現在回想起來，我不確定自己真心相信她會死，她可能也不相信自己會死。她每週進行一次治療，我們也據此做好規劃：我知道她在結束治療後、再次變得病懨懨前有一小時時間，所以我們每次治療結束都會去一間餐館吃瑪芬蛋糕。我記得凱瑟琳會吃瑪芬蛋糕配咖啡，不過真正在我腦中留下的畫面，是她近乎鬼鬼祟祟地把蛋糕塞進嘴裡的樣子——不過我也不確定用鬼鬼祟祟來形容是否正確——然後我會開車載她回家，好讓她在開始感到噁心之前躺回床上。她從未真正因為治療吐出來，只是會在第一天時很難受。威廉會在週五晚上出現，那時的凱瑟琳通常在睡覺。他會站在那裡看她，然後離開臥室。他在這段期間不常跟我說話，我想也不常跟女兒說話。我記憶中的情況就是這樣。

他在前往普雷斯克艾爾的車上保持沉默時，我回想起的就是這段時光。

不過凱瑟琳跟我已經培養出了一種生活節奏，我們會在我的女兒整天不在時聊天。等到她病情惡化而且愈來愈常待在床上之後，我會坐在床邊的一張大椅子上跟她聊。這樣做並不麻煩，我不想讓她產生這種誤會，我愛這個女人。每當兩個女兒晚上回家後，這裡感覺就是我的歸屬之地。「別讓她們害怕，」凱瑟琳在最後的時刻這麼跟我說，當時所有醫療設備都已搬進她房間。「讓她們把設備當玩具玩。」就某方面來說，我的兩個女兒確實不怕，（我認為是）因為她們看見她們的奶奶（還有我）並不害怕，因此自然習慣了那些用來輸送氧氣的設備，還有後期會在家裡進出的護士。

凱瑟琳的醫生每天跟我通電話，我很喜歡他在固定時間打電話來的習慣。他說，「之後情況會很糟。」我說，「好。」

我不知道情況會多糟，但總之那段時間並不長。我跟女兒說，奶奶病得太重了，她們沒辦法見她，她們似乎也慢慢接受了事實。她們的父親這時候來了——我是指威廉在最後兩週時搬了進來——我想這也有幫助她們保持冷靜。不過情況到了最後變得很嚇人。

有一天威廉帶女兒——那天是週末——去了波士頓的一間博物館，而凱瑟琳愈來愈躁動的樣子令我看了哀傷。我不再能跟她對話了，她只是一個很不舒服的女人了。他們有給她嗎啡——她一直注射到最後一刻——但那天的她還是非常沮喪不安。我去看她時，她正用手絞扭著床單，口中發出神智不清的聲響，內容我（令人傷心地）不記得了，只記得大多毫無道理可言。我只能強烈意識到她愈來愈不舒服。

然後我犯了一個錯誤：我望著她，一隻手搭上她的臂膀，「喔，凱瑟琳，一切都會很快，我保證。」

那個女人望向我，臉上的表情因憤怒而扭曲，她對我吐口水——她試圖對我吐口水——然後說，「滾出去！」她從睡袍的縫隙中抬起一隻裸露的臂膀，「你給我滾出去——你這個可怕的女孩！你這個垃圾！」

我立刻明白我的作為有多麼不堪，因為那句話代表她要死了。我從未意識到她（在當時）還不知道這件事，就連我（也還）不真正知道，不過我確實知道在那個當下自己說了什麼。我在她對我這麼吼了之後走出她家，房子側邊有一個從地下室牽出來的水龍頭，我跌坐在水龍頭下的那片鵝卵石上哭了起來。老天，我哭得可慘了。我一邊哭一邊想，我——應該——沒這麼哭過，以後大概也不會了。還年輕的我雖然經歷過不少苦難，但沒見過這種事，可是——

好吧，我只是要說，當時我哭了。

我還記得威廉帶女兒回家時看見我在屋子外，他和管家先把女兒都帶進家裡後走出來，我印象中他沒多說什麼，只是很和善地安撫我。

然後他回到屋裡，走進母親的房間，幾分鐘後出來對我說，「我們不再接受任何訪客了。」然後我看見他坐在書桌前寫字。他在寫母親的訃聞。我一直記得這個畫面。那個女人還沒死，但威廉已經在寫她的訃文了，而基於某種原因——這些年來始終如此——我一直為此崇拜他。

或許這就是我之前說的，他擁有那種足以主導一切的權威。

我也不知道。

我敲了威廉的房門，他開門後，我直接經過他身邊走入房間。我說——我們以前偶爾就會這樣說，因為克麗希小時候會這麼說——我說，「你給我聽好，你惹毛我了。」

但他沒有微笑。「是喔？」他只是冷淡地回答。

「是，」我走去坐在他的床上。「你有什麼毛病啊？」

威廉盯著地板緩慢搖搖頭，然後抬頭望向我，說，「我有毛病？我有什麼毛病？」

「對，」我說，「你有什麼毛病？」

他走過來坐在床的另一邊，然後轉過身看我。「露西，我的毛病是，我跟你說我的工作不順利，我在艾絲黛兒離開我的時候就說了，之後又說過一次。但你完全沒聽進去。你完全沒在聽我說話。然後你問我是不是在嫉妒理查德·巴克斯特，還——」他舉起一隻手。「那讓我感覺爛透了。說真的，我最近已經感覺夠糟了。」

我們安靜地坐了好一陣子。威廉從床邊站起來，走去窗邊又走回來，雙臂環抱在胸前。他說，「你知道嗎？你擔心貝卡的丈夫個性太自我中心，你怕他只對自己的事有興趣，那我得告訴你，露西——你也沒比較好。」

我的身體因為這句話感受到了實際的痛楚，就像一片小小的指甲刺進我的胸口。

他繼續說，「我當然嫉妒巴克斯特。我不像他在那個領域有這麼了不起的成就。」他再次面向窗戶。「然後我們來到這裡，我對於該怎麼處理婁伊思．布巴爾的事怕得要死，但你只是在喊肚子餓——你總是這樣，露西，你總是在餓，因為你老是不好好吃飯——所以到最後大家都必須幫露西找點食物吃。等你終於提起、問起了我的工作，卻又馬上開始討論阿米什人，說那是糟糕的邪教。誰在乎他們到底是不是邪教？」

我在那裡坐了一陣子，然後起身回到我的房間。

我離開威廉之後，克麗希在威廉快要跟瓊安結婚的前後變得非常瘦。我是說，她病了。她去上了威廉和我認識彼此的那間大學，但她病了，體重下降。之後威廉打電話跟我說，

「克麗希變得好瘦。」我其實已經注意到一陣子了，甚至也有跟威廉提起，但威廉主動談起這件事卻突然讓問題顯得非常真實。他又說，「瓊安也這麼想。」

她病了。

我們的孩子病了。

克麗希在這段期間不太跟我說話。聖誕節那天，他們——威廉、克麗希和貝卡三個人（沒有瓊安）——來我的公寓看我，貝卡雙眼含淚地說，「我真是受不了你。」她說這話時雙臂緊貼在身側，彷彿在暗示我不該碰她。然後她在克麗希走進廁所時小聲說，「你自己看看她！你在害死我妹妹。」她轉過身後又轉回來對我說，「你在害死你女兒。」

威廉和我去找了一個專門治療飲食障礙的女性，跟她談話的過程讓人極度沮喪。她說以克麗希的年紀來看——二十歲——要恢復正常困難多了，而就在我們試圖理解這個消息時，她搖搖頭說，「真令人難過，因為她很痛苦。人一定是要很痛苦才會這麼做。」我記得我們離開她的辦公室時對彼此有多憤怒。我們太震驚了，就算到了街上也搞不清楚該往哪裡走。

我一直有點恨那位治療師。

我坐在我那間陰暗的旅館房間內的椅子上，想起了這件事。我想到克麗希當時病得那麼重，我想就某種層面來說，我是第一次理解——我是說如此全面性地理解，我想說的是，心中沒有一絲辯解意圖的那種理解——那其實是我的錯。因為我才是丟下家庭的人。

無論我覺得自己多像一個隱形人，我都不是。

然後我想起來了，我曾在那段期間獨自去她的大學找系主任談話。我以為學校裡有人可以幫上忙。我真是個白痴。那個系主任對我很不友善，她態度相當差地告訴我，如果克麗希真的病到一定程度，他們會要她離開學校，他們無法——也不願意——為她做些什麼。在我短暫造訪學校的過程中，克麗希幾乎完全沒跟我說話。她因為我竟然聯絡系主任而氣壞了。她幾乎是咬牙切齒地緩慢對我說，「我不敢相信你大老遠跑來這裡跟系主任見面。我不敢相信你竟那樣侵犯我的隱私。」

我想要說的是，如果要老實說的話就得這樣說——我在這段期間，每天都會去小公寓附近的教堂跪下來祈禱——當我說我會去祈禱時，我的意思是我跪下來等待，我在等待自己感受到或許是神的存在，然後我心想：喔拜託拜託，上帝請讓她沒事，喔拜託拜託拜託，請讓我的女兒沒事。

我沒有討價還價，我就是懇求，而且每次都帶著歉意去懇求。（我知道還有很多其他人過得非常糟，我很抱歉必須提出這種個人請求，但對我來說沒有比這更重要的事了——拜託拜託讓我的女兒沒事吧。）

我曾在小時候去過鎮上的公理教會，我們家每年感恩節都會去吃那裡的免費餐點。我的父親痛恨天主教徒。他說雙膝跪地是件噁心的事，只有心胸狹窄的人才會這麼做。

●

克麗希後來好多了，不過確實花了一點時間。她去找了一位治療師幫助自己，當然不是威廉和我去找來討論她的那位糟糕治療師。

很多年之後，我和一個曾是聖公會牧師的朋友聊天時，他對我說，「為什麼你覺得你為克麗希進行的禱告沒幫到她呢？」

我聽了很震驚。我沒有這樣想過。

不過當我坐在旅館房間的椅子上想著這些事，我意識到威廉說的都是真的。我確實是個自我中心的人。我想起和威廉結婚那些年間，我曾有一次和貝卡在城裡吃午餐——當時上大學的她回家度假——她試圖跟我說些什麼（即便是現在，我都無法記得她試圖告訴我什麼），但我打斷她，談起我的編輯，說我跟編輯之間出了點問題。貝卡突然激動地叫喊起來，「媽！我想跟你說件事，但你只想談你的編輯！」然後她哭了。

奇怪的是，那個片刻讓我在當天更認識了自己——而當我坐在緬因州這間逐漸暗去的旅館房間內的椅子上時，這個回憶又讓我重新確認了一次。事情很清楚了，我透過一個片刻理解了自己的真實樣貌：我就是會做出那種事的人。我從未忘記那個片刻。

不過我又對威廉做了那種事。他一直試圖跟我討論理查德·巴克斯特，他也想談他的工作——而他說的完全沒錯：我就是把他們的感受踩在腳底下。

我有很長一段時間就是坐在那個房間內。一種真的很痛的感受——我是指身體上的痛——持續存在我的胸口，就彷彿許多小小的波浪在胸口內反覆翻騰。天色徹底暗下來之後，我打開房間的頂燈，請櫃檯替我點一份起司漢堡送到房間。

剛剛的情況就是以前我們身為夫妻時會出現的吵架場景。每次總是先覺得寂寞的人會先認錯。威廉來敲了我的房門，我讓他進來——他已經沖過澡，頭髮還是濕的，身上穿著牛仔褲，搭配海軍藍的T恤，而我在這時注意到了他小小的啤酒肚——他看著盤子上因為起司放冷而稍微黏成一團的起司漢堡，說，「喔，露西。」

我沒說話。

我沒說話是因為我覺得他之前說得沒錯。我難為情到無以復加的程度。

「露西，別管剛剛的事了。」他說，「我們下樓去吃飯吧。」

我搖搖頭。

所以威廉拿起電話叫了客房服務。「送兩個起司漢堡到三〇二號房。」那是他的房號。然後他又說，「兩份凱薩沙拉和一杯白酒，任何牌子的白酒都行，沒關係。」他把話筒放下後說，「來我房間吧，你的房間太令人沮喪，根本可以在這裡自殺了。」

所以我跟著他沿著走廊去到他的房間，那裡的氣氛歡快多了——他的桌燈可以開，另外還有一扇直接面對天空的大窗戶，窗外的太陽正要開始落下。

「現在你聽我說，」威廉在我身邊的床上坐下時這麼說，「至少你不惡毒。」

「什麼意思？」我最後還是開口問了。

「我是說，你不是個惡毒的人。看看我就多惡毒啊，還那樣說那場晚宴——那就是一場真正的晚宴，露西，你確實辦得很好——我就是嘴巴太壞，還說你這個人自我中心。你沒比我們任何一個人更自我中心。」

我突然激動大喊，「我有，威廉！我選擇丟下你，克麗希還因此生病——還有——」

威廉看起來累壞了，他舉起一隻手示意我別再說下去，然後反射性地把手放回小鬍子上。他站起來後緩慢開口，「選擇丟下我？」威廉轉向我激動地說，「選擇？露西？我們有多少次是真正做出了選擇？告訴我。你真的有選擇丟下這個家庭嗎？沒有，我一直看著你，而你——你離開的樣子就像是別無選擇。我有選擇跟那些人外遇嗎？喔，我知道、我知道，做人要負責——我有去看心理師唷，我就是說一下，免得你以為我沒有，我真的一直有去看瓊安和我一起找的那位心理師。我獨自去了一段時間，她有跟我談起責任歸屬的問題。可是我想過了，露西，我常常想，我想要知道——我真的想知道——誰真正選擇過什麼呢？你告訴我。」

我開始思考。

他繼續說，「每隔好一陣子——頂多就是這種頻率啦——我會相信有人真正做出了某種選擇。至於其他時候，我們就只是遵循著暗示行動，我們甚至搞不清楚那些暗示是哪裡來的，露西。我們只是聽話而已。所以，不，我不認為你有選擇丟下我。」

過了一陣子，我問，「你是說你不相信自由意志嗎？」

威廉雙手抱頭，維持了這個姿勢一陣子。「喔，別開始扯那些自由意志的廢話。」他說。他不停來回走動，雙手插進自己的白色髮絲中。「就像是——我不知道，就像是——我不知道啦，如果要談自由意志，感覺還必須討論另一個抽象而巨大的堅硬框架。我現在只是在說選擇。就是，我認識一個人在歐巴馬政府的團隊裡工作，他是負責幫忙做出選擇的人。他告訴我，他們真正必須做選擇的機會其實很少很少。我一直覺得這件事很有趣。因為這是真的。很多事我們就只是做了——我們就是做了，露西。」

我什麼都沒說。

我想到離開威廉大約一年前，我幾乎每晚都會在他睡著後跑去站在我們的小小後花園裡，心想：我該怎麼辦？該離開還是留下？這對當時的我來說似乎是個必須做出的選擇。不過現在回頭去看，我意識到自己在那一整年都沒有嘗試重新好好經營婚姻，我想說的是，我一直讓自己保持在疏離的狀態，就算在我以為自己還能選擇的期間都是如此。有個朋友曾跟我說，「每次我不知道該怎麼做時，我會觀察自己的行為。」而那一年的我雖然還沒真正離開，我的行為其實已經跟離開沒兩樣了。

我抬眼望向他說，「你也不是選擇表現惡毒的，威廉。」

「確實不算是。」他回答。

我說，「我知道！」我又說，「我在腦中說的話是真的很惡毒，你不會相信我想過多惡毒的事。」

威廉舉起雙手，「露西，每個人在腦中自言自語時都很惡毒。老天爺。」

「是嗎？」我問。

他擺出要笑不笑的表情，但那是一種愉悅的笑。「是啊，露西，人們自言自語時都很惡毒。大家私下的想法通常都很惡毒。我以為你知道，你可是個作家啊。我的老天爺，露西。」

「這樣啊。」我說，「總之你就算表現惡毒，也不會持續很久。你每次都會道歉。」

「我其實沒有每次都道歉。」威廉說。

這點也是真的。

食物送來時，我意識到那杯白酒——果然啊——是點給我的。我很高興他這麼做了。我們坐在書桌前的兩張椅子上聊了又聊，聊到完全停不下來。我們一開始聊的是來到普雷斯克艾爾的決定：威廉說，「我到底在想什麼啊？我以為我們可以在小小的街區晃蕩，看看可愛的房子和妻伊思丈夫成長的地方。說真的，露西，我到底在想什麼啊？這裡根本連個像樣的街區都沒有，我真是受夠了這鬼地方。」

我們聊起了布莉姬：艾絲黛兒離開後，她回來過幾次，但憂愁的她看起來總是有點罪惡感。她不再嘰嘰喳喳講個不停，威廉說這種尷尬的情況讓他難過。我們聊起我們的女兒，我們都覺得她們不會有問題。她們現在已經過得不賴了，可是人一旦有了孩子就是永遠都會擔心他們。然後我們聊到威廉的工作，他說，「一切事物都有自己的生命週期，包括工作。」他真的覺得他的事業已經走到了盡頭。「但我只要還沒死都還是會進實驗室的。」他說。我能理解。

威廉站起身說，「我們看新聞吧。」他把電視打開，我們並肩躺在床上看。地方新聞中有名警察的兒子因為用藥過量而死。傑克曼小鎮附近出了一場卡車翻覆的車禍，但司機沒死。接著是聯邦新聞，然後是全國和全世界的新聞紛至沓來——我卻在此時感到一絲愜意。威廉去了廁所，回來後他坐在床上說，「露西，或許我們不該再管妻伊思・巴布爾了。我已經老了，她還更老。我是說，這樣做又有什麼意義？」

我坐起身說，「明天再決定吧。我們明天就會開車經過霍爾頓，然後回到班戈，可以到時候再決定。不過我明白你的意思。」

他在房內四下張望後又望向窗戶，此時夜色已黑。「我真討厭這地方，」他說，「理查德・巴克斯特竟然在這種地方出生成長，想起來實在奇怪。」

「嗯，你母親也在這裡出生成長喔。」我說。然後他說，「老天爺啊，你說得沒錯。」然後威廉——用手抓了一下頭髮——說，「露西，其實在我小時候，我母親有時會變得很憂鬱。」

「什麼意思？」我說，「我知道她有時會說自己有點小低潮，但提起時總是興高采烈的樣子。」我伸出手用遙控器把電視關掉，然後又說，「不過我記得有一次她跟我說她很憂鬱。」

威廉說，「我父親死後，我真的很恨她。」

我努力回想我當時知不知道這件事。「這樣啊，」我說，「畢竟你當時還是個青少年。」

威廉整理了一下他的小鬍子。「我的記憶不是很清楚，只記得我真的很受不了她，露西。我們會吵架，然後她會歇斯底里地哭。」

「為了什麼吵架？」

「不知道。」威廉聳聳肩。「不是一般的事。我是說，不是那種我每晚出去喝酒或吸毒之類的事。我不知道。不過她老是激怒我。老天，她真的很會激怒我。」

「她因為丈夫死掉很難過吧。」我說。

「當然會難過，我知道，我只是想說，她實在太需要人照顧了。」

我轉了一下身體，讓雙腿擱在床緣後，面對他，「我記得你告訴過我，你就是因此決定在芝加哥教書——為了遠離她。」

威廉又坐回椅子上，雙眼放空地說，「真不知道她在我小時候心思都飄去哪了。」

「什麼意思？」我問。

「在我還小的時候，她偶爾會變得很憂鬱，就像她自己說的『會有點小低潮』，這是她的習慣說法。不過昨天晚上我在班戈的旅館房間內想，我在想啊，她把我送去幼兒園時，我比大部分同班孩子都小一歲。為什麼她要把我提早送進幼兒園呢？」

「是你會嚼衣領的時期嗎？」我記得凱瑟琳說過威廉小時候從學校回家時，衣領總被咬得皺皺的。

威廉眼神銳利地瞪了我一眼。「是我上學會哭的時期。」他說。

我等他繼續講。

「我每天都在那個地方哭。其他比我大一歲的小朋友看起來都好高大。」他又沉默了一下，然後說，「露西，我哭的時候，其他孩子會把我圍在牆角大唱『愛哭鬼、愛哭鬼』。」

「你沒跟我說過。」我真的很驚訝。我仔細觀察白髮從他頭頂冒出來的模樣，覺得他散發出一種陌生的熟悉感——我不知道我為什麼會用「陌生」來形容，但我的感覺就是如此。「你沒跟我說過。」我又說了一次。

「我之前應該是忘了，但不是真的忘記，總之我沒告訴過任何人。可是昨晚我想起來了，那就是為什麼我在貝卡還小時總想去哪都抱著她。」威廉把手肘撐在膝蓋上，坐在床上的身體往前傾。「是這樣的，我幼兒園的老師、那個女人——天啊，那女人真好。她去哪裡都抱著我。我記得她會這麼做。」

威廉舉起一隻手，阻止正打算開口的我。「某天我的父母來找她。他們來到那間小小幼兒園，而我去了另一間教室玩。當時已經快放學了。後來他們終於來另一間教室找我。我母親在回家的車程上一個字都沒說，但我的父親很嚴肅，他對我說，『威廉，你不能再讓那個老師一天到晚抱著你。她有一整間教室的孩子得照顧。』總之他大概是這個意思。我記得自己在那趟車程上感覺有多丟臉。」威廉看著我。「那個老師再也沒抱過我。」

我真的太吃驚了，他從沒跟我說過這件事。

威廉站起身。「但為什麼我母親要讓這麼小的我面對這種事呢？她又沒在工作！為什麼不讓我跟她一起待在家？」

「我不知道。」我說。

我們又多談了一些凱瑟琳的事，內容大多跟她口中的那些「小低潮」有關。一直到這時候，我才真正了解她的「小低潮」對威廉的童年造成了多麼關鍵的影響。「好吧，」威廉終於說了，「她會低潮是因為她丟下了自己的孩子。」他又說，「她丟下了那個還是嬰兒的女兒。」

他看著我，臉上無比痛苦。

喔，威廉，我心想。

喔，威廉！

他在那天晚上給了我一個擁抱，「明天早上見，小巴。」

那天晚上我失眠了，就算吃了多年來幫助入睡的藥片也沒用。我不停想起威廉說我「自我中心」的觀察，我不知道該怎麼處理，光是思考這個問題就讓我很不舒服了。所以我做了人們受指責時會做的事：我開始想一些其他我認識而且也很自我中心的人。對啊，我心想，這傢伙有夠自我中心，他還老是想假裝沒這回事，結果只是顯得很不大方，而那女人甚至不知道自己有多自我中心……過了一陣子後我告訴自己，露西啊，別想了。

但我的心思還是到處飄蕩。

我記得這件事：

那是我們在佛羅里達某天的事。兩個女兒當時大概八歲和九歲，凱瑟琳在之前的夏天過世。我們在那年冬天去了幾天佛羅里達——那是我們失去她之後的頭幾趟旅行之一。我們在佛羅里達住處附近的大樓裡有個洗衣間，我還記得把衣服拿去洗完回來的路上穿越了一片小草坪，身上穿著淺藍色丹寧布洋裝的我，一個想法就像一隻小鳥飛過腦中。那個想法是這樣：或許我終究是得自殺的。我只記得自己有過一次這種想法，過程就像一隻小鳥出乎意料地快速飛入我的腦中又飛出。此後我一直回想起這件事，我想一定是因為當時的我雖然還不知道威廉開始跟瓊安外遇，但其實已經隱約感覺到了。我是這樣想的。

我絕對不會自殺。我是個母親。就算常常覺得自己是個隱形人，我也還是個母親。

我的母親會在我小時候威脅著要自殺。她會說，「我要開車到很遠的地方找棵樹上吊。」我很怕她真會這麼做。她會說，「等你們放學回來後我就不在了。」於是我每天回家都很害怕，可是每天回家時她都在。之後我開始會在放學後不回家，一開始是為了留在學校取暖——我們家很冷，我討厭冷——之後是因為待在那裡讓我比較放鬆，也比較有辦法好好做功課，有時我記得自己想起母親時會想：「去啊，你就去啊！」意思是：「去啊，你就去自殺吧！」不過我們已經是小鎮上的怪胎了，要是她真的這麼做了，我擔心別人會覺得我們更詭異。

我在想了幾小時後又服用一枚藥片，睡著了。

隔天早上，威廉看起來累壞了，不過他說他睡得很好。身穿牛仔褲和同一件海軍藍T恤的他在我眼裡顯得很老。我們去了之前那間小餐廳吃早餐，現場只有我們一組客人，不過服務生過了好一陣子才來招呼我們。她是個頭髮染成黑色的中年女子，不知為何花了很長的時間把餐具放進托盤，然後又在咖啡壺附近不知整理些什麼。威廉望著我用嘴型無聲說，搞什麼鬼啊？我聳聳肩。

那個服務生終於拿出小小的點餐本和筆來到我們身邊，「想點什麼？」我說我想要一碗圓圈穀片泡牛奶和一根香蕉，她說，「我們沒提供冷穀片了。」

所以我點了一份炒蛋，威廉點了燕麥粥，然後我們有點沮喪、但心情還不算太差地坐在那裡。我想我是要說那地方的氛圍不是很友善，而且有點怪異。過了一陣子，服務生為我們送來食物，我說，「菲利，你跟艾絲黛兒那時候有外遇嗎？我是說，你跟她結婚時有外遇嗎？」我很驚訝自己這樣問。我竟然有在想這件事。

才咬了第一口吐司的他停止咀嚼，吞下口中的食物，他說，「外遇？沒有。我可能亂搞了幾次，但沒外遇。」

「你有亂搞？」我問。

「和潘姆．卡爾森，但只是因為我認識她很多年了，而且我們很久以前就一起犯傻過，所以根本算不上什麼——因為就真的沒什麼。」

「潘姆．卡爾森？」我說，「你是說那個有參加你派對的女人？」

他瞄了我一眼後繼續咀嚼。「對。反正我們真的沒什麼。我是說，我很久以前就認識她了，當時她還沒跟鮑勃・伯爾傑斯離婚。」

「你當時就跟她搞上了？」

「哎呀，就幾次啦。」

他一定沒意識到他說的是和我結婚的時期。等到他臉上出現了——至少我覺得我看見了——恍然大悟的表情，他說，「喔，露西，我能怎麼說呢？」

「你和瓊安結婚時也有跟她搞嗎？」

「露西，我們別談這個了。不過對啦，我跟瓊安結婚時也有。不過跟你結婚的時候啊——我當時就跟你說過啦，我在外面的女人不只一個。我也說過我沒愛上她們之中的任何人。」

「算了，」我說，「不重要了。」對我來說不重要了，我心想。不過我的體內仍有一種海浪在拍打翻騰的細微感受。我心想：所以不是我讓他變成這樣的吧？畢竟他跟瓊安和艾絲黛兒結婚時都有亂搞，對吧？所以不是我造成的囉？真不敢相信。然後我想起他前晚談起的「選擇」。或許他對他的這些作為也毫無選擇可言。我怎麼可能知道？

我確實不知道。

「我們走吧。」威廉說，他吃完燕麥粥後擦了擦小鬍子，拿起杯子喝了最後一口咖啡，不過我們還得再次等服務生把帳單送來。我暗自觀察威廉是否會給出大方的小費，他確實給了，不過一邊掏現金還一邊對我翻白眼。

我們開車回到霍爾頓，道路兩側有很多晒到半枯萎的野胡蘿蔔小白花。陽光熾烈明亮。我們開車經過許多半傾毀的穀倉，那些穀倉附近的田地布滿石頭，另外還有一些白色乳牛。威廉向我指出一片沒有收割的馬鈴薯田：那裡的植株頂端是綠色的，他說農夫會對頂端噴藥，阻止營養吸收，因此所有營養都會保留在底下的馬鈴薯裡。我沒想到他會知道這種事，因此對他表示佩服，他沒說什麼。馬鈴薯田的對面是一片已經收割過大麥的棕色田地。

然後我們開車經過一些已經收割的馬鈴薯田，那裡只剩下了棕色的泥土地，地面都被挖開了。我發現馬鈴薯倉庫通常蓋在小山丘邊。霍爾頓郊區有一間停止營業的「蘇格蘭旅社」，這間汽車旅館的一個個房間之間長滿雜草。

「威廉，你母親有睡眠問題。」我回想著前晚的思緒時，突然想起了這件事。

「有嗎？」他轉頭看向我。他戴著太陽眼鏡，我也是。

「有啊。」我說，「你不記得了？」

「沒什麼印象。」

「所以她才那麼常在沙發上小睡。她總會說：喔我昨晚就是睡不著。」

「我想你說得沒錯。每次去大開曼島旅遊的時候，我都會聽見她晚上醒著，而且每次都會想，她都在做什麼？」

我望向車窗外。我們正經過的田地一側有一整排樹。「我只是記得有這件事，就這樣。喔，等等。」我轉向他說，「她生病那段期間會拿睡不著的事來開玩笑，她會說：該是吃點藥的時候囉。然後我去藥房替她拿藥時——啊，也有可能是她的醫生跟我說的，對啦是她的醫生說她吃了好多年安眠藥。」

「還真是良好的醫病關係啊。」威廉諷刺地說，「難道不該保護病患隱私嗎？」

「他沒有，確實沒有。他喜歡我。」我說。這是真的。

我們有一陣子沒說話，然後我說，「嗯，我只是覺得這件事很有趣。她竟然有睡眠問題。」

「露西，你自己也有睡眠問題。」威廉說。我說，「我知道，你這白痴，而且我知道我為什麼睡不著——因為我的出身背景——我只是想說，或許你母親睡不著就是因為之前拋棄的那段人生。」

「我懂。」威廉說完後瞄了我一眼，但因為他戴著太陽眼鏡，我無法判斷他是用什麼眼神看我。

車子又開了幾分鐘後，威廉說，「露西，我們還是不知道我們在這裡做什麼。」

「就是繼續開吧，」我說，「先開過妻伊思·布巴爾家，我們再停下來想。」

我們把車開進霍爾頓，太陽的光芒似乎讓整座小鎮閃閃發亮——我指的是法院和圖書館。那些老派建築散發愜意的氛圍就彷彿這座小鎮多年來都是如此悠然自得，就連河水也閃閃發光。然後我們開到了和善街上。

我們沿著和善街行駛，然後在前一天看到的那棟房子前院看見一個年紀比我們大的女性。頭戴帽子的她正在一片灌木叢前彎著腰，她的頭髮不短，我是說頭髮很好看，算是某種淺棕色吧，長度應該剛好到肩上。雖然年紀不輕了，但在灌木叢前彎腰的姿態仍散發某種年輕氣息。她穿著一條蓋到腳踝上方的棕色長褲，上半身套著藍色T恤。她身材苗條但不會太瘦，我是說她有一種輕盈感。

「威廉。」我幾乎是大吼出聲。「那就是她。」

他稍微放慢了車速，但她並沒有抬起頭來看。他繼續往前開後把車子停在下一個街區的路邊，拿下太陽眼鏡，望向我。「喔，老天，露西。」

「那就是她！」我往回指向她的那棟房子。

威廉回頭看了一眼，然後又把眼神投向前方。他說，「我們不知道那個人是不是她。妻伊思・布巴爾可能正坐在那棟房子裡的輪椅上被兒子毆打。」

「好吧，你說得沒錯。」我說。然後我又說，「威廉，讓我去跟她聊聊吧。」

威廉瞇眼望向我。「你打算說什麼？」

「我不知道。」不過我又說，「在這裡等我。我就去跟她聊聊。」我拿起我那只長肩帶小皮包準備下車。然後我問，「要一起來嗎？」

「不了，你去吧，」威廉說，「我不知道該怎麼做。」

其實我也是。

我沿著人行道往前走，看見房子的側院有條晒衣繩，這條繩子藉由許多小繩索固定在四根大木樁上。前院有張看起來很新的吊床掛在兩棵強壯的樹木中間。這棟房子如我之前所說，是這個街區最好的房子，外牆新塗了深藍色油漆，邊緣還漆上了紅色。那女人仍彎著腰站在灌木叢前——那個玫瑰花叢內有一些瓣片單薄的黃花——無論她在做什麼，總之都很專心。然後我注意到她手裡拿著一個小小的噴瓶。我一邊接近她一邊放慢腳步。我還不知道自己打算怎麼做。

她抬頭望向我，臉上露出了幾乎是微笑的表情，接著又繼續處理她的灌木叢。「哈囉。」我在人行道上停下腳步。灌木叢離人行道太遠了。她再次望向我。我可以透過她戴的小眼鏡清楚看見她的雙眼，那雙眼睛不大但眼神似乎很銳利。

「哈囉。」她回應我時站直了身體。

「真是很漂亮的玫瑰花叢呢。」我對她說。我停下了腳步。

她說，「是我祖母多年前種的。我希望這個花叢好好活下去，但真是長了很多該死的蚜蟲呀。」

我說，「對啊，蚜蟲真的會帶來不少麻煩。」

她繼續手邊的工作，手又稍微壓了一下那只噴瓶。

所以我說，「你祖母種的嗎？真不錯。我是說要能維持這麼久不容易。」

此時那女人再次站直身體望向我。「是沒錯。」她說。

我把太陽眼鏡架到額頭上方。「我的名字是露西，」我說，「很高興認識你。」

她仍站在原地，我明白她不打算跟我握手，但似乎不是因為不想表現友善，而是單純沒打算這麼做。她抬眼望向天空，環視了整座院子，之後又看向我。「你說你叫什麼名字？」她不算是待人和善，但也沒有不友善的感覺。

「露西。」我說。然後我說，「你叫什麼名字？」

她把眼鏡拿掉，我意識到那應該是閱讀用的眼鏡，她一定是為了看清楚蚜蟲才選擇戴這副。拿掉眼鏡的她奇異地看起來變得更年輕，但也更老了，雙眼有種光禿禿的感覺，我的意思是睫毛很少。「妻伊思。」她說。然後她說，「你從哪裡來的，露西？」

我幾乎要說自己來自紐約，但及時阻止了自己。我說，「伊利諾州的一座小鎮。」

「那怎麼會來緬因州的霍爾頓呢？」妻伊思問。她的髮際線邊有一串很小的汗珠，就在帽子接觸皮膚的邊緣上。

「我們——就是，我丈夫和我——就是，我丈夫的父親是曾在這裡生活的德國戰俘，所以我們來這裡尋找任何有關的資訊。」我把我的小皮包換背到另一邊的肩膀上。

「你的公公曾是這裡的戰俘？」妻伊思直直盯著我，我點頭。「他跟這裡的女人結婚了嗎？」妻伊思問。我說，「對，沒錯。他們住在麻州——之後他在我丈夫十四歲時過世了。」

妻伊思．布巴爾站在那裡，陽光沐浴在她的身上，然後她說，「你想進來坐坐嗎？」

她轉身走向屋子的側門，我跟了過去。然後她停下腳步轉向我，「你丈夫現在人在哪裡？」

我說，「應該說是前夫，不好意思，我該說清楚的。我們現在還是朋友。他在車上，車子就停在下一個街區的路邊。」

她站在那裡盯著我。她不是很高，身高大概跟我差不多。

我說，「他覺得——」

她再次轉身，「請進。」

我們走過一個牆上鉤子掛了許多夾克和大衣的門廳，接著進入廚房，她在那裡拿下帽子放在流理臺上，對我說，「想喝杯水嗎？」我說若能有杯水就太好了，謝謝你。所以她用水槽的水龍頭裝了兩杯水，我在沒轉頭的情況下，靠眼神四下觀察了一下。我想起我幾乎總是不喜歡其他人的家，但這間房子還行——我是指沒什麼大問題，就算廚房有點雜亂也只是因為有人長期住在這裡，眼前的陰暗也只是因為剛剛外面的陽光太亮了——總之我只是想強調，我向來不喜歡待在別人家。別人的家總是散發著一種微妙的陌生氣味，當然這間房子也不例外。

妻伊思遞了一杯水給我——她手上戴著戒指，我注意到那是枚沒有裝飾的黃金婚戒——然後我們移動到客廳。這個空間讓我感覺好一點：雖然也有點雜亂，但有陽光從窗戶湧入，另外還有放滿書的書架。客廳的所有桌面都放了照片，每張照片裝上了不同相框。我快速看過那些照片，注意到拍的大多是父母和他們的嬰兒或小孩，總之就是那類照片。客廳中間有座看起來鬆軟凹陷的深藍色沙發。婁伊思在一張扶手椅坐下，雙腳放到扶手椅前方的腳凳上，而我就在沙發上坐下。她的腳上穿著橡膠製涼鞋。

「你剛剛說，是你的前夫？」她對我說，然後喝了一小口水。

「對，」我說，「我的第二任丈夫去年過世了。」

她抬高眉毛，「真遺憾。」

「謝謝你。」我說。

婁伊思把水杯放在她椅子旁的小桌上，「別指望情況會改善。我丈夫五年前過世了。」

我跟她說我為她感到遺憾。

然後是一陣沉默。她看著我，我覺得尷尬，臉頰也開始變熱。終於她開口，「我可以為你做些什麼呢？」

「可能什麼都沒有。」我說，「我跟你說我們是來調查我丈夫——我前夫——總之，就是調查他的『身世』，我猜你可以這麼說。」

婁伊思拉出一個小小的微笑，我無法判斷那個微笑友不友善。她說，「他是來這裡找親戚的？」

我有點挫敗地嘆了一口氣，「對。」

「所以你的前夫是來找我的。」

「沒錯。」我說。

「而他現在坐在外面的車子上。」

「對。」我說。

「因為他害怕。」她說。

我當下很想為威廉辯解，同時自己也有點害怕。「他不確定——」

「聽我說，露西。」婁伊思．布巴爾拿起她的水杯，又啜飲了一口，再次非常小心地放回桌上。「我知道你們為什麼來這裡。我甚至知道你們昨天就來鎮上了。你和你丈夫去了圖書館。這可是一座小鎮啊，你自己也在小鎮長大，所以你一定很清楚小鎮就是這樣。消息都傳得很快。」

我想說我不知道，因為我是住在田中央，周遭幾乎看不出我所身處的小鎮的任何跡象，而且鎮上的人向來對我不友善。不過我沒說出口。所以我什麼都沒說。

然後，婁伊思．布巴爾這麼跟我說了：

「我有一段很棒的人生。」她用一隻食指幾乎是俐落地指向我。「我過了一段非常、非常棒的人生。請務必告訴你前夫這件事。」她沉默了一下，四下環顧了這間客廳，然後又望向我。她的表情在我看來有點戒備，甚至——有那麼一丁點——感到無聊。她身後的壁紙有花朵的圖樣，靠近地面處有條細小的水紋。

她說，「我們直接進入正題吧。」妻伊思盯著天花板好一陣子後開口：「我八歲時，我的父母——他們兩人一起——要我坐好，然後跟我說了這件事。他們說了我母親的事——嗯，他們在那天說我有另一個真正生下我的母親。不過他們強調她已經不是我的母親，我的母親是把我從一歲養大的那個女人，那才是我的母親。她就是在這棟屋子裡把我養大——」妻伊思稍微用手示意了這間客廳的空間，「她是個很棒的女人。我的母親跟我說這件事時就是個很好的人了，我的父親也一樣——我還能清楚記得他緊抱著我。我們坐在沙發上，他在他們跟我談這件事的過程中一直抱著我。現在回想起來，我想他們是覺得我的年紀已經可以知道這件事，而且鎮上也有人知道，所以他們覺得最好在有人跟我說之前告訴我。我很混亂，任何小孩子聽到這種事都會很混亂吧。不過我不覺得有什麼大不了。」

「因為真的沒什麼大不了。我有兩個很愛我的父母，還有三個非常受到父母關愛的弟弟。我不可能擁有更好的母親和父親了，真的不可能。」

我看著她，可以感覺到她說的是實話。她的內在深處有種氛圍——幾乎可說是從心底散發出的氛圍啊——讓人覺得她天性就是個篤定而自在的人，我認為那是受到父母關愛的人才會有的樣子。

婁伊思又拿起水杯喝了一口水。

「隨著時光過去，年紀愈來愈大的我也開始問問題了。他們跟我說了那個女人的事，她婚前的名字是凱瑟琳・柯爾，他們說她跟一個來自德國的犯人跑了。她就是某天直接離家消失，說走就走。那時是十一月，她搭上火車後再也沒有回來。我當時還不滿一歲。我父親知道那個德國人的事，但他本來以為那段感情早就結束了。凱瑟琳跟我父親結婚時很年輕，才十八歲，他比她大十歲。這些都是他告訴我的。他常暗示凱瑟琳跟他結婚是為了逃離老家。」婁伊思沉默了一下後說，「我母親的名字是梅若琳・史密斯——」她用手指敲打身旁的桌面。「她是在這棟屋子裡長大的，所有人都知道她和我父親是天造地設的一對。他們本來在交往，後來為了一點小事爭吵，凱瑟琳・柯爾就突然冒了出來——」婁伊思雙臂往上小幅度做出了冒出頭的手勢，她水杯裡的水輕緩地晃蕩了一下。「我父親跟她結了婚，但凱瑟琳丟下我——當然還有他啦——之後，梅若琳一直陪在他身邊。她在凱瑟琳離開後每天都來陪他，然後兩人在我兩歲時結婚。我想他們是為了顯得體面才等了一年，當然也因為他得先把離婚手續辦完。」

婁伊思沒再說話。她把那杯水放回小桌子上，雙眼一直盯著自己放在大腿上的雙手。

我對眼前的一切都感到不可置信。我聽見包包裡的手機發出訊息通知聲，於是彷彿想讓手機靜音地用手肘壓住包包，真愚蠢啊。我在我的左邊看到一張照片——那張新照片比其他照片都大——那是個年輕男子的畢業照。

妻伊思望向我，臉上又露出之前那種小小的微笑，我仍無法確定那是不是個友善的微笑。有道陽光灑在她的雙腿上。她說，「你的婆婆跟別人介紹你時，會說：『這是露西，露西出身貧寒。』但你知道她的出身嗎？」

我確實有聽見妻伊思說的話，但必須把句子在腦中複誦一遍才能真正聽進去。「等等，」我說，「你怎麼——你怎麼知道？你怎麼知道我婆婆會對別人怎麼說？」

妻伊思簡潔地說，「你寫過。」

「我寫過？」我說。

「在你的書裡——就是你的回憶錄。」妻伊思用手指向我右側的書架。她從椅子上起身走去取下我的回憶錄——那可是精裝本——我先是看著她的動作，然後意識到我的書全排列在架上。我很驚訝。

「你知道凱瑟琳．柯爾的出身嗎？」妻伊思又問了一次。她坐回原本的椅子上，先是把書小心放在細細的椅子扶手上，接著又把隨時可能被撞掉的書放到桌上的水杯旁。

我說，「其實不太知道。」

「這樣啊，」妻伊思臉上露出那種小小的微笑。「她連出身貧寒都不算。她根本就是在垃圾堆長大的。」那個詞就像一巴掌打在我臉上。那個詞總會讓我有這種感覺。

婁伊思用一隻手揮過自己的雙腿上方，「柯爾一家從很早以前開始就是問題家庭。他們總是不太像話。凱瑟琳的母親是個酒鬼，父親什麼工作都做不久，還有人說他會打人——我是說，打小孩和老婆。不過誰知道呢？她的哥哥年紀輕輕就死在監獄裡，我不知道那是怎麼回事。不過年輕時的凱瑟琳長得很漂亮。當然我沒看過照片，這間屋子裡沒她的照片。不過他們都跟我提過，我父母都說過她年輕時很美。一開始是她來追我父親的。」

婁伊思環視了一下客廳。「你可以看出來，我的母親梅若琳·史密斯可不是在垃圾堆裡長大的。」

「確實不是。」我說。

然後婁伊思說，「你們可以開車去看看她的老家，那裡已經廢棄多年，但凱瑟琳就是在那裡長大的，就在迪西路上。」她到處張望後起身找到一枝筆，重新把水杯放下，在紙上寫下住址。「在漢茵斯維爾路那邊。」她把紙遞給我後坐回自己的椅子上，摘下眼鏡。我謝謝她。她一邊重新坐好，一邊說，「你應該開車去特雷斯克農場那邊，我在那裡長大的。農場就在林奈鎮的德魯斯雷克路上，剛過新立姆瑞克鎮就到了。」她又起身拿回剛剛那張紙，再次戴上眼鏡後又寫了一些字上去。「拿去吧，」她把紙遞回來給我。「我弟弟經營那座農場很多年，現在已經交給他兒子了。那裡的樣子就跟我小時候一樣。這地方都沒什麼變。」她再次坐下。

我很高興她又坐下了，這代表她還沒希望我離開。

妻伊思在我問起後，談起了馬鈴薯花皇后的事。她說那次很有趣——「喔，真的很不錯，就是……」不過她說那不是她最美好的回憶。她的所有美好人生回憶都跟丈夫有關。她的丈夫在普雷斯克艾爾出生，長大後成了一名牙醫，她本人則擔任小學三年級導師長達二十七年，兩人總共拉拔四個孩子長大。「他們每個人後來都過得不錯，」她對我說，「每個都是。沒有一個有毒品問題。在現在這個時代可不容易啊。」

「那太好了。」我說。

「你有孫子或孫女了嗎？露西？」

我說，「還沒。」

露西似乎在思考這個答案代表的意思。「沒有嗎？好吧，那你不可能知道擁有孫子或孫女是多美妙的感覺。真的什麼都比不上。世間沒有更棒的事了。」

或許吧，我不是很在乎。

妻伊思說，「我有個孫子有自閉症，我得說照顧起來確實不容易。」

「喔，我很遺憾——」我確實感到遺憾。

「是，真的不容易，不過他的爸媽應付得很好，至少真的是盡力了。」

「我真的很遺憾。」我又說了一次。

「不用遺憾。他很討人喜歡。而且我還有另外七個孫子女，他們都很棒。全是很不錯的孩子。」她傾身指向那張畢業照中的年輕男子。「那是我年紀最大的孫子，一年前從奧羅諾的緬因大學畢業了。」

「喔，真好。」我又聽見我的手機在包包裡響起訊息通知音。

「你知道嗎？」妻伊思說，「我這輩子很少有遺憾，我認為這很了不起。因為我看著周遭其他人，他們的人生總有很多遺憾，或許他們是該感到遺憾，不過我真的覺得我已經——正如我之前說的那樣——我已經有了一段很棒的人生。」此時我看見有疊女性雜誌堆在她的椅子旁，就在靠近牆邊的位置。這間客廳如我之前所說有點雜亂，但不會讓人不舒服，除了她身後壁紙上的水漬外，一切都很乾淨。

妻伊思停止說話，眼神望向客廳遠方的角落。「不過少有的一個遺憾——或許該說是最大的遺憾——」她又重新望向我。「就是當那個女人——我說凱瑟琳——來找我的時候，我對她的態度很差。我後來覺得該對她好一點才對。」

「等等，」我說，「等一下。」我傾身向前。「你說她來找你的時候？她有來找過你？」

妻伊思露出驚訝的表情。「對。我以為你知道。」

「我不知道。」我重新坐好，用比較平靜的語調說，「不，我們不知道她有來找過你。」

「喔她有來過。那是夏天的事，就在——」她說出年分時，我立刻意識到是我住院九週的那年夏天，那段時間我幾乎沒有凱瑟琳的任何消息。

「嗯，她是這樣做的。」妻伊思將雙腳的腳踝交叉，讓自己舒適地陷入椅子中，「她僱用了一名私家偵探。那個年代還沒有網路，所以她僱用了一名私家偵探來找我——我算是很好找啦——因此得知了這裡的地址。然後她來到這裡，就坐在你現在坐的那張椅子上。」

「我真不敢相信，」我說，「抱歉，但我實在不敢相信。」

「喔她確實來了，而且是在週間的某一天，因為她知道我丈夫週間會去工作，小朋友也都會在舅舅的農場裡工作——那個年代的小孩子都會去農場工作——只有我因為暑假不用教書。然後門鈴響了，我們家的門鈴可從來沒響過，」妻伊思指向我身後的大門，我轉身望去，「我走去那扇門邊，她就站在那裡，然後——」

「你知道她是誰嗎？」我問。

「該怎麼說呢……」妻伊思若有所思地望著我。「算是知道吧。看到的那一瞬間就知道了。可是同時我又想，不，不可能。」妻伊思稍微搖了搖頭。「總之她問我：你知道我是誰嗎？我說我不知道，然後她說——她這樣對我說喔，那女人是這樣說的——她說，我是你母親，我是凱瑟琳·柯爾。」妻伊思抬起一隻手稍微往後揮了一下。「我心想你才不是我母親，但沒說出口。最後我很冷淡地對她說，不如你先進來吧，凱瑟琳·柯爾。」妻伊思望著我點點頭。「我對她很冷淡，真的很冷淡。我的父母當時都過世了，而且是在不久之前的相隔六個月相繼過世——當然她也清楚，私家偵探都告訴她了——我認為她這麼多年後還跑來找我是不對的，而且還這樣狀似輕鬆地出現，就在我家坐下，一副我們兩人早就認識彼此的模樣。後來她哭了一下——」

「她哭了？」我說。妻伊思點點頭，臉頰輕微鼓起，嘆了口氣。

「但大多時候她都在說話。你知道嗎？她還擺出一副大城市派頭，我是指她出現時的打扮——啊，這是我之後才想清楚的。當時的她六十二歲，因為我四十一歲。她來的時候是夏天，她穿的洋裝幾乎沒有袖子，只有肩膀那邊有一點小蓋袖。」妻伊思用手稍微碰了一下自己的肩膀。「那是一件有白線的海軍藍洋裝——喔，那叫什麼，有一個專門的詞叫什麼，大家都那樣說——」

「鑲邊線。」我說。我知道妻伊思說的是哪件洋裝。那是凱瑟琳平常最愛穿的休閒洋裝。那件洋裝的袖口有白色鑲邊線，側邊縫線也有鑲上白邊。

「鑲邊線。」妻伊思點點頭。「而且她沒穿絲襪，洋裝的長度還只到膝蓋，那種感覺就是，哎呀我也不知道怎麼說——反正你在這種地方不會看到有人這樣穿。但你知道她的出現最讓我困擾的是什麼嗎？是她從頭到尾都在說自己的事。她幾乎沒問我任何問題喔——當然啦，私家偵探已經把大多細節都告訴她了——但她從頭到尾講個不停，都在說——」此時妻伊思輕輕地搖搖頭。「她都在聊她自己。她一直在說自己的事，說她之前有多痛苦。」

妻伊思往前傾身後又坐了回去。「所以我知道她平常會睡不著，還有她有時會有憂鬱問題——我記得她的用詞是『小低潮』——我還知道她丈夫過世還有她兒子的事，不過這些都是從你的書裡知道的。你知道她還厚顏無恥地聊起那個男人嗎？我是說，她兒子？她顛三倒四地說了一大堆他的事。露西——我可以肯定地告訴你——你聽了會認定他是史上最傑出的科學家。我當時可不想聽這種事啊！」

喔老天，我心想。我對她說，「不，當然不是。」之後我又說，「唉，她在那時候只剩下她兒子了。」

「對，」妻伊思回答。「你說得對。」她又說了一次「你說得對」後，語調沉靜下來。她快速看了一下自己的腳，然後抬起頭對我說，「我後來一直在想，我或許可以表現得更有同情心。」妻伊思的臉開始扭曲，我不禁別開眼神。然後她說，「但我告訴你——關於她兒子的事，我受不了，也很厭倦了。我真的不想再聽了。」

妻伊思過了一陣子又開口，「她有跟丈夫說她有過一個寶寶——就是我——也說她丟下了這個寶寶。她把這件事告訴了那個德國人葛哈德，她說這對他們的婚姻造成了問題。」

「她有跟他說？」我問。「她有說是什麼時候告訴他的嗎？」

「我不確定，」妻伊思說，「真的不記得了。雖然不是馬上告訴他，但好像沒多久就說了。她只說造成了一些問題，我也不確定這是什麼意思。」

然後妻伊思用一隻手輕輕撐住臉，又說，「我很驚訝她沒跟你們說這些。」

「妻伊思，」我說，「我丈夫一直到幾週前才知道你的存在。」

這顯然讓她很驚訝。她把手從臉邊移開。「真的嗎？」她說。

「是真的，」我說，「他的妻子在離開他前幫他註冊了一個付費網站的帳號，那個網站可以查族譜，他就是這樣發現了你的存在。他母親從沒提過你——他父親也沒有。威廉一直都不知道。」

妻伊思似乎還在消化這個資訊。然後她說，「哎呀。」她搖搖頭。「幾週前才知道的？」

「對。」我說。

然後她說，「你說是在他妻子離開他之前？」

「對。」我說。

「你也離開了他。你的書上有寫。」她看了一眼旁邊桌上的書。

「對。」我說。

「所以有兩任妻子離開了他？」

我點點頭。真希望我剛剛沒提起另一個妻子離開他的事。

過了好一陣子後，她才迷惘地看了我一眼，「他有什麼——就是——他有什麼毛病嗎？」

我說，「我想他只是找錯女人結婚了。」

不過婁伊思沒接話。

我為威廉感到難過。我在這裡跟婁伊思說話，他卻只能獨自坐在車上。我說，「你想見見他嗎？」

她哀傷地用幾乎是拒絕一切的表情看著我，我意識到她沒有意願。她說，「抱歉，我就是不想。我不年輕了，跟你說話算是愉快，但我不想見到他。不，我不想跟他見面。」

「好。」我說。我還想繼續原本的話題，但她站了起來。我知道我們的對話結束了。

她送我走到前門後拉開門，那扇不太好開的門似乎很久沒用過了。我想起凱瑟琳也曾在多年前穿過這扇門，坐在我坐過的位子上。

我轉向婁伊思，她舉起一隻手，很輕地拍了一下我的手臂。她說，「我讀你的書時——我是指你的回憶錄——很驚訝地發現有寫到那個馬鈴薯農夫！就是我父親！然後我一直覺得一定也會提到我，她一定會寫這女人丟下了一個襁褓中的女兒吧。可是你從沒寫過。」

「因為我不知道她丟下的不只第一任丈夫。」我說。

「嗯，現在我知道了，但當時還不知道。你知道嗎？我真傻，我還因此覺得很受傷，暗自又對凱瑟琳發了一頓脾氣——另外也氣你——只因為書裡沒有提到我。」

「喔，婁伊思。」我有種奇特的不真實感，大腦也無法正常思考，就像是需要吃飯時的那種感覺，但又不僅止於此。

「好吧。」她輕笑出聲。「如果你要寫到這件事，希望可以提到我。」

「喔老天，這是當然。」我說。

然後她再次輕笑著說，「不過得把我寫得好一點。」

我迎上她的眼神，光線落在她的臉上。我在那一刻發現那張臉上滿是疲憊，因此意識到這段對話對她來說有多不容易。她幾乎為此耗盡心力啊，我很抱歉。

我回到街上，走路的速度快到連直線都走不太好。坐在車裡的威廉頭靠在座椅的頭枕上，他那側的車窗全開。一開始我以為他在睡覺，但才一靠近他就立刻坐起身。「她想見我嗎？」他說。

我走到副駕駛座那側上車，「開車吧。」威廉發動車子啟程。我唯一保留沒說的只有我告訴婁伊思他又有一個妻子離開他，以及她對此的反應。

除此之外，我把一切都告訴他了。

威廉在聽我重述對話時打斷了好幾次，有時還為了釐清細節要我重複一些段落，我都照做了。我們在車子行進時反覆做著這樣的確認工作，期間威廉下意識咬起自己的小鬍子，又瞇眼望著擋風玻璃外的景色。此刻沒戴太陽眼鏡的他聽我說話的神情非常專注。他在聽到一半時說，「我不確定婁伊思·布巴爾說的是實話。」我說，「你是指哪部分？」他說，「就是我母親有來這裡的事。為什麼我母親要在人生走到那個階段時跑來這裡？」

我本來打算說我知道婁伊思描述凱瑟琳穿的洋裝是哪一件，但我沒開口，威廉繼續說，「而且凱瑟琳的哥哥沒死在監獄。我有在網路上查到他的死亡證明，上面沒提到他在監獄。」

我環顧四周，「我們要去哪裡？」

「我不知道，」威廉說，「去找那座特雷斯克農場吧，還有凱瑟琳以前的家。你說你有拿到住址。」

「我有拿到凱瑟琳童年住家的住址。」我說，「特雷斯克農場在林奈鎮的德魯斯雷克路上，沒有詳細地址。不過一過新立姆瑞克鎮就到了。」

威廉把車停在路邊說，「我們來確認一下。」他拿出iPad查詢。我拿出手機，發現兩條貝卡傳來的訊息。第一條寫：你們要復合了嗎？第二條寫：媽！告訴我那邊到底情況如何？？？我回應了第一條：沒有，小天使，但我們相處得很好。然後又回應了第二條：太多事了！之後聊！我很驚訝她會問她父親和我是否要復合。我把手機放回包包裡。

「好，」他已經在iPad上找到了緬因州的林奈鎮，也查到了德魯斯雷克路，於是再次發動車子啟程。過了一陣子之後，我們抵達了他母親曾和克萊德．特雷斯克一起住的屋子，她和威廉的父親也是在這裡認識的。那就是棟屋子，我一開始只有辦法這樣描述。不過我明白在這一區──甚至在許多其他地區──這都是棟令人驚豔的屋子。這棟三層樓高的屋子側邊有條長廊，塗了白色油漆的牆面上裝了黑色的百葉遮窗板，旁邊有座穀倉，跟其他家的穀倉一樣緊鄰著小山丘。我們把車停在路邊望著那棟屋子。

威廉說，「我看了一點感覺也沒有，露西。」他看了我一眼。「我的意思是，我不在乎。」我說我懂他的意思。

但我們還是一直盯著房子看，我們發現有幾扇窗戶的後方應該就是放了鋼琴的空間，凱瑟琳也就是在那裡聽見威漢爾姆彈奏的旋律，可是我想我們兩人都不覺得有多重要──當然若要說起了反感也未免太誇張──總之我想，我們兩人都不覺得這有什麼大不了。

然後我們繼續往下開，這條什麼都沒有的道路，兩旁只有幾棵此刻灑滿陽光的樹木，然後我們看見了一間小小的郵局。那間郵局看起來很老舊。「喔，露西，看啊。」威廉說。我明白這個場景為何觸動了他。那裡顯然就是他母親每天去確認威漢爾姆有沒有來信的地方。

我們緩慢駛離郵局，車速真的很慢，最後終於來到鐵路軌道邊。此時威廉說，「喔天啊，露西，等一下。」我們面前有座很小的車站，軌道沿線有排儲藏貨物的棚屋——我們看不見任何列車，周遭一個人影也沒有——我們就坐在那裡，望著凱瑟琳曾半跑半走過的道路。在那個下雪的十一月夜晚，她就這樣跑到了火車站。那是座只有用護牆板搭蓋的小車站，規模跟公車站牌沒兩樣。

喔我彷彿可以看見在吹著十一月寒風的陰暗路上，凱瑟琳半跑半走地抵達了火車站。明明遍地是雪，沒穿靴子和大衣的她卻只穿了便鞋，就為了避免被任何人發現她離開了。我彷彿能看著她以這種狀態半跑半走著前進，身穿深色衣物的她用圍巾幾乎把整個頭都包了起來。在這座火車站等待的她是如此害怕，如此打從心底地感到害怕啊——她受到父親虐待的那些年大概也是這樣感到害怕吧——我覺得我可以直接看見她腦中的思緒：如果到波士頓時找不到威漢爾姆，我就自殺。

「去他的妻伊思・布巴爾。」威廉說。

我快速轉頭看向他。此時我們正沿著主街往回開。

「真希望她從來沒有存在過。」他說。他的手往下撫摸起小鬍子，雙眼緊盯著擋風玻璃前方的道路。「她要你把她寫進書裡？還要把她寫得好一點？我的老天爺啊，露西。她說她這輩子唯一的遺憾就是沒對她母親親切一點？但我出現之後，她卻連見我一面也不肯？真是個沒用的爛貨。」

我想起那個再也沒抱他的幼兒園老師。

我讀完大一後獲得了一個招生組的打工機會，工作內容是為可能入學的學生進行校園導覽。喔我可太喜歡了！我很高興能獲得那份工作，因為這樣暑假就不用回老家，而且我喜歡我的大學，當然也很樂意跟大家說明我對這間大學的愛。不過我提起這段回憶是有原因的：招生組有名職員，他不是組長，但我認定算是個有點分量的人物。他的年紀大概大我十歲，當時挺喜歡我的。我只記得我們一起出去過幾次，但不記得確切地點。

他有一輛車，那不是什麼特別的事，不過對當時的我來說，擁有車子是非常成年人的象徵。我還記得第一次上他的車看見車門把上裝了杯架時，我心想：杯架？那對我來說也是非常成年人的事物，不太符合我的風格。不過我喜歡他，可能還算是有愛上他。基本上我會愛上我認識的每個人。某天晚上，送我回我和另外幾個學生朋友（只是朋友！）一起租的公寓時，他把我壓在車邊吻了我。我記得他在我耳邊輕聲說，「嘿，小騷貨。」而我心想……我也不知道我想了什麼。不過他在親了我那次之後沒再找過我，幾個月後就跟同辦公室的祕書結婚了。那個祕書很漂亮，我一直很喜歡她。

我想透過這段回憶說明的是：就算沒有明確意識到，我們其實也都隱約知道自己是什麼貨色。

那個在招生組的傢伙就很清楚這件事。他知道我不是可以跟他在一起，並在他叫我「小騷貨」之後還有辦法做出任何回應的那種人，而我也無法真正接受那些杯架的存在。之後他沒再跟我聯絡，但我並不悲傷，畢竟我覺得他會對我有興趣始終都是件怪事。不過這不是我的重點！我的重點是：根據威廉對我的認識及我對他的認識，究竟是什麼讓我們兩人走向了婚姻？

漢茵斯維爾路上安靜得詭異。我們在這條路上開了好幾英里都沒看到一輛車。在我看來，這條路有股淒涼的氛圍：路邊的許多樹都被砍倒了，沼澤裡也有枯死的樹。其中有個地方的樹上長出了一些蘋果，威廉說那代表附近某個地方一定有農場。我們繼續往前開。周遭所有事物感覺都有點被陽光烤焦了。

有個廣告牌畫了一顆很大的聖誕老人頭，牌子上還寫了：聖誕樹，前方三百英尺。不過我們在三百英尺外沒看見任何跟之前不同的景觀。

我無法停止自己在漢茵斯維爾這片樹林間感受到的恐懼。這裡有很多聳立著死樹的泥塘，所有矮小的死樹都發出一種近乎粉色的光暈，另外還有一種我沒見過但很像是紅花草的雜草。我們經過了一間浸信會教堂——教堂附近什麼都沒有——威廉說，「凱瑟琳和克萊德．特雷斯克可能就是在這裡結婚的，誰知道呢。」他的語氣漫不在乎，我想他是認為那位在麻州牛頓生活了一輩子的女人才是他真正的母親，而他對曾在這裡生活的女人絲毫不感興趣。我想我感受到他的狀態就是這樣。

然後——真的是突然之間——路邊出現了一張沙發。那張印花布料的小沙發就坐落在路邊，就這樣出現在我們眼前，椅面上還躺了一盞檯燈。那張沙發同時位於漢茵斯維爾路和另一條小岔路的交會處，我們放慢車速觀察那張沙發時，看見寫著「迪西路」的路標。「威廉。」我對他說，他立刻緊急把車子轉上那條小岔路。妻伊思給我們的那張紙上寫著：迪西路，最後一間屋子，但我們沿著這條路行駛時一棟房子也沒看見，然後我們終於開過一間小屋子，屋前有個男人站在那裡看著我們開過去。那個留著鬍子的老人身上沒穿衣服，模樣很生氣，我從小到大沒見過一個陌生人這麼憤怒地盯著我。我嚇壞了。接著水泥路面消失，我們經過右側的兩間小屋子，之後有好長一段路程都四下無人，最後才抵達道路盡頭的房子。那棟房子看來廢棄多年，我想應該是我這輩子見過最小的屋子。我自己就成長於一棟很小的屋子，但這間小多了。眼前僅有一層樓的屋子看來有兩個房間，旁邊有間很小的車庫，而且屋頂凹陷——原本的平面屋頂中間似乎是塌掉了。整棟屋子是褐紅色的。

我真不敢相信。

我看著威廉，他的表情一片空白——我猜他是太震驚了。

然後他望向我說，「我母親在這裡長大的？」

我說，「說不定妻伊思搞錯了。」

不過威廉說，「不，我自己有查到，確實是在迪西路上。」

我們坐在那裡望著這棟屋子。車庫上方覆蓋了近旁一棵樹的枝葉，生長茂密的灌木叢都長到了屋子的窗前。

這棟屋子實在、實在好小。

威廉熄掉車子的引擎，我們安靜地坐著。窗戶後方的屋內一片黑暗，我們什麼都看不清。我只能勉強想像人們在裡頭走動的情況。周遭的草都長得很高了，靠近屋子的地方都長出了樹苗，其中兩株樹苗甚至從屋內穿過幾乎塌毀殆盡的屋頂後冒出頭來。

我瞄了威廉一眼，他的表情很困惑，我為他感到心痛。我明白他的感受：我這輩子也沒想過凱瑟琳可能成長在這種地方。然後他看向我。「準備好離開了嗎？」他問。我說，「走吧。」他發動引擎繼續往前開，這條路已經小到難以迴轉，不過死路盡頭還有些足以調轉車頭的空間，因此威廉想辦法讓車子轉向正確方向後往回開。剛剛那個男人還站在屋前怒瞪著開車經過的我們。

那張沙發從路邊消失了。

「根本是恐怖電影的場景。」威廉說。

我們的飛機預定在五點起飛，開車前往班戈的一路上我們都沒說話。我們經過了一間外牆油漆剝落的餐廳，那裡顯然很久沒營業了，不過餐廳前的告示牌上用大寫字母寫著：**難道只有我誰都不喜歡了嗎？**

過了一陣子後，我說，「威廉。」他說，「什麼？」我說，「沒事。」接著我又說，

「威廉，你是跟你母親結婚了。」我語調沉靜地說。

他轉頭面向我。「什麼意思？」

我說，「她跟我很像。她的老家真的很窮，而她爸爸可能——反正她就是——啊我也不知道我在說什麼。不過你就是跟你媽同類型的女人結了婚，威廉。你在這世上有很多女人可選，最後卻選了一個跟你母親很像的。我——我甚至也丟下了自己的孩子。」

威廉把車子停在路邊。他看著我，沒說話。我幾乎要別開眼神了，因為他已經好多年沒花這麼長的時間盯著我看了。然後他說，「露西，我之所以跟你結婚，是因為你是個無比歡樂的人。你真的是個散發歡樂氣息的人。等我終於明白你的成長背景時——當時我們去跟你的家人說我們要結婚了，露西，我看到你的成長背景時心痛死了。我不知道你是在這樣的環境下成長的。當時我一直想，那你怎麼可能變成現在這樣子呢？你既然在這樣的環境中成長，怎麼還能變成這樣一個活力四射的人呢？」他非常緩慢地搖頭。「我還是不知道你是怎麼做到的。你是獨一無二的存在，露西。你擁有強大的精神力。你還記得前一天在營房那邊，你覺得自己在不同的平行世界之間游移，我相信你，露西，因為你就是個精神力強大的人。世間沒有人可以跟你一樣。」過了一陣子後，他又說，「你讓人無法不喜歡你，露西。」

威廉再次開車上路。

我思考了他說的話，我的感覺就跟當年上了奈許太太的車一樣。一種和當時類似的幸福感淹沒了我。「喔，菲利。」我小聲地說。

不過威廉沒再說下去了。

然後威廉開始封閉自我。我親眼目睹了這一切的發生。他的臉——那感覺真的很怪——他的臉雖然沒改變，但背後的一切彷彿正在退縮消失。你可以看見他正在消失，我想說的是這種感覺。他的臉在開車時就是這副模樣。

我在途中為了跟他對話開口過一次，我對他說，「我們的人生就是美國的經典故事。」威廉說，「怎麼說？」我說，「因為我們的父親在敵對陣營作戰，你的母親和我也都出身貧窮。然後看看我們，我們現在都住在紐約，過著成功的人生。」

威廉沒有看我——但他立刻開口回應了——「嗯，那就叫美國夢。但想想那些沒實現的美國夢吧。想想我們來這裡的第一天早上看見的那輛車子吧。那個老兵的車子裡可是堆滿垃圾。」

我望向我這一側的車窗外，意識到站在迪西路屋前怒瞪我們的老人，他年紀大到可能是越戰的退伍老兵了，說不定這就是他的人生故事。我曾跟你們說我之前對越戰幾乎一無所知，我們全家在我成長的過程中就是如此地與世隔絕，更何況我年紀小到剛好不認識任何上過戰場的人。不過我在上大學後認識了威廉，情況因此出現了改變，於是現在的我這麼說，「說到越戰，你是真的很幸運啊，威廉，畢竟你抽到了好籤。不然你的人生可能變得多不同啊。」

「我這輩子都在想這件事。」威廉說。他沒再說下去。

我在此刻突然意識到，我獨自去見妻伊思・布巴爾的行為可能剝奪了威廉本來可能有的機會。如果我再等一下，把整個情況想清楚，然後要他跟我一起去，她可能會像對待我一樣和善對待他。我看著威廉帶著自我封閉的表情開車，這個思緒始終困擾著我。我想起他當時對我說的第一句話是：「她想見我嗎？」

我必須把壞消息告訴他，而他的臉上時不時閃現出困惑的情緒。我心想：這下又多了一個拒絕他的女人——對他來說就是這樣。我又再次想到那個幼兒園老師，她曾讓他覺得自己是特別的存在，但後來都不抱他了。然後我又想，他之所以會被送去幼兒園，或許就是因為他母親把丟下孩子的事告訴他父親，導致婚姻出現問題，也或許凱瑟琳當時就是因此無法好好關愛他。我覺得這個推論很有道理。

所以我對他說，「威廉，我很抱歉，我剛剛直接跑下車，結果見到她的只有我。我應該要你跟我一起去，但我直接跑下車——」

他瞄了我一眼，「喔，露西，誰在乎呢？說真的。誰在乎我有沒有見到她？我當時太害怕了，你只是想幫忙而已。」過了一下子後他又說，「我不會把那種事放在心上，哎呀。」

不過他還是擺出自我封閉的表情。

我們把車停進機場的停車場，那真是座空蕩的大停車場，但我們在一片空曠中還是轉了幾個彎才搞清楚該把車停在哪裡，然後取出行李箱走進機場。我覺得這地方變得比我們剛抵達時更陌生了。機場很小，但我在我們走進去時感覺像是身處外國。機場裡沒有任何地方可以買東西吃，可是當時明明才下午兩三點。

我們穿越了機場——當時還沒通過安檢——然後威廉說，「嗯，露西，我需要去走一走。」我看著他說，「好，需要人陪嗎？」他搖搖頭。「那把你的行李箱留給我顧吧。」

我說。

不過我肚子餓了，機場內又沒地方能買食物，所以我回到——同時還拉著兩個人的行李箱——連接機場旅館的橋道，但才剛穿過雙開門就看見旅館餐廳也沒營業。有個告示牌寫著：下午五點開門。我大大嘆了一口氣後往回走，心想：這個州的人都什麼時候吃飯啊？就在這麼想時，我看到了此生見過最胖的男人。為了穿越我剛剛走過的雙開門，他先把單邊門打開，卻發現空間不夠他走。這男人的年紀不大，大概三十歲吧，我也不確定。他的長褲在身體兩側展開的模樣讓他幾乎像是艘帆船，臉上的肉也幾乎要把五官埋住。我放開一個行李箱後為他打開另一扇門，他露出了一個我想應該是難為情的微笑，我說，「這樣就行了。」他向我說「謝謝」時露出了羞赧微笑，然後繼續走向旅館的大廳櫃檯。

我在走回機場時心想——我心想：我懂那個男人的感受（不過當然我不可能完全懂）。可是我又想：真怪，我一方面覺得自己像個隱形人，另一方面又知道被當作格格不入的異類是什麼感受，只是就我的案例而言，大家不會一見到我就立刻意識到我是異類。總之我想了一下那個男人的處境，又想了一下自己的處境。

我透過機場的一扇窗戶，看見威廉正繞著巨大的停車場走：他先是走到我幾乎看不見的地方，然後我又看見他朝另一個方向走去。我望著他，他一度停下腳步不停搖頭，然後又開始走。

喔，威廉啊，我心想。

喔，威廉！

我坐在機場等候椅上時又注意到威廉的表情，我太熟悉那種表情了：他的心已經不在了。他對我說，「你去跟女兒解釋情況吧，我不想談。」我說我會處理。然後我們登機，那是架小飛機，我們無法在座位上方找到放行李的位置，所以空服員——那是名和善的年輕人——替我們拿走收好，告訴我們抵達後可以在機側領取，意思是我們下飛機後就在跑道上領行李。

威廉因為腿比我長，坐在靠走道的位子，我們聊起很多事——他用平板的語調再次聊起妻伊思·布巴爾不想見他的事——然後我們準備好度過這段不算長的航程。望向飛機窗外的紐約市時，我心中浮現了幾乎每次搭機抵達紐約時都會有的感受。我每次都因為這個巨大、寬廣的所在接納了我而感到讚嘆及感激——這座城市竟願意讓我住在這裡啊。我幾乎每次從天上看見這座城市時都有這種感受。我因為心中湧出這種感恩情緒轉頭想跟威廉分享，卻看見一滴淚水從他的臉頰流下，等他把整張臉轉過來看我時，另一滴淚水又從他的另一隻眼睛流下。我心想，喔，威廉！

不過他搖搖頭，我知道他不要我的安慰——誰會不想要安慰呢？但他就是不想要我的安慰——我們站在跑道上等行李時他什麼都沒說，也沒再流下眼淚。他的心就是不在了。早在我們驅車前往班戈的路上，他的心就已逐漸遠去。

我們把行李箱拉去計程車招呼站，威廉先上了計程車，「謝謝，露西，我們再聊。」

但沒有，他之後好一陣子都沒再找我。

那天晚上計程車開在東河的橋上時——我坐在我那輛計程車的後座——我突然想起在我們的婚姻初期，我曾有幾次在我們位於格林威治村的公寓裡感到非常低落，原因是我覺得自己丟下了我的父母——我確實這麼做了啊——有時我會坐在我們的小臥房中，無比痛苦地不停哭泣，此時威廉會過來說，「露西，跟我說，你怎麼了？」但我只是不停搖頭，搖到他走開為止。

我這樣做多糟糕啊。

在此之前，我沒想過這樣做有多糟糕。我竟然完全不讓我的丈夫有任何機會安慰我——喔我真是惡劣的難以言喻。

但我之前並不明白。

人生就是這樣：等我們真正明白很多事的時候，其實都太晚了。

那天晚上回到紐約後，我走進我的公寓，公寓裡好空！我知道這裡往後都會這麼空。大衛不會再跛著腳走進來了，我因此感到不可置信的孤絕。我把我的行李箱推進臥房，走回客廳，坐在沙發上望向東河。這個空間的空曠程度無比駭人。

媽！我對著我腦中創造出來的母親哭喊，媽咪，我好痛，我的心好痛啊！

而我在這些年創造出來的母親說：我知道你痛，小蜜糖，我知道你的心很痛。

我想到這件事：

我曾在多年前看過一部紀錄片，主題是有孩子的女囚犯，片中有個女人身形魁梧，臉長得和善，她把年紀很小的兒子抱在大腿上——那男孩大概四歲吧。紀錄片是要強調讓孩子待在母親身邊的重要性，在當時，這座監獄讓孩子去探望母親算是很創新的作法。片中那個小男孩坐在母親寬闊的大腿上，抬頭望向她，小聲說，「我愛你比愛上帝多。」

我始終記得這件事。

那個週六，我在布魯明黛百貨公司跟女兒見面。看到她們的感覺真好，能一次看見這麼多人也很棒。人們通常以為八月底的紐約有錢人都去漢普頓斯度假了，不過有種常見的傢伙還是在：那些骨瘦如柴、臉部因為拉皮而緊繃、嘴唇因為醫美而膨潤的老女人。我喜歡看見她們。我想說的是，我是真心喜歡她們。

我仔細觀察克麗希，她看來沒懷孕。她對我淺笑了一下，親吻我，「專科醫生說三個月內什麼都不用做、也不用擔心，現在也還沒三個月，所以我就是乖乖聽話。你也別擔心了。」

「好，」我說，「我沒在擔心。」

我們在一張桌邊坐下，她們說，「情況如何？快告訴我們！」

所以我跟女兒說了所有旅程中發生的事，她們非常認真地聽，而凱瑟琳那些不為人所知的過往也讓她們跟我一樣驚訝。然後我問，「你們跟他聊過了嗎？」

她們點點頭。克麗希說，「可是他表現得像個渾蛋。」

我說，「什麼意思？」

「就是沒有要跟你溝通的意思。你知道他有時就會那樣。」克麗希把頭髮往後撥。

「這樣啊，我想他真的很受傷吧。」我輪流望向兩個女兒。「聽著，他受到了雙重打擊：先是艾絲黛兒丟下他，然後同母異父的姊姊又不願意見他。其實應該算是三重打擊啦，因為他還看見了母親出生成長的房子。你們聽我說，那棟房子真的——是真的——很糟糕。我是說，他沒想過她是在那種地方長大的。想都沒想過。」

當我開始描述凱瑟琳成長的屋子是什麼模樣時，她們似乎都很震驚——就跟威廉和我之前的反應一樣。「這感覺實在很怪，我是說，那女人還會打高爾夫球啊。」克麗希說。

我懂她的意思。

幾分鐘後，克麗希咬了一口冷凍優格後說，「其實我們也有一個同父異母的妹妹，媽，我覺得自己有照顧她的責任。真希望我沒有這種感覺，但我有。」

「布莉姬還好嗎？」我問。

貝卡說，「她很痛苦，媽。我看了很難過。」

「你們有跟她見面？」

她們說前幾天才和她見了一次面，我聽了既驚訝又有點感動。她們帶她去一間飯店喝下午茶。「她對我們很友善，」克麗希說，「我們也對她很好。但她感覺很傷心。那天有點難熬。」

貝卡說，「或許帶她去喝下午茶是個蠢點子，但我們也不知道可以跟她一起做什麼。我們連部電影都想不出來。說不定就該帶她去逛街才對。」

「喔老天。」過了一陣子，我對克麗希說，「你們為什麼覺得有照顧她的責任？」

克麗希說，「我不知道。我猜是因為，嗯，她是我妹妹啊。」

「好吧，你們這樣做真的很棒。」我最後這麼說，她們也只是輕輕地聳聳肩。

貝卡說，「我很抱歉問你和爸有沒有要復合。」

「喔，不用抱歉。」我說，「我可以懂你為什麼這麼問。」

克麗希說，「你可以懂？」

「當然可以，」我說。然後我又說，「只是我們沒有這個打算，就這樣。」

「是個好決定。」克麗希說。然後她說，「想到奶奶是你口中描述的那個凱瑟琳，我就感覺好奇怪。我以為她是全世界最正常的一個人了。我愛她。」然後貝卡說，「我也是。」

她們聊起對奶奶的回憶。她們還記得她的房子、那張柳橙色的沙發，還有奶奶擁抱她們的方式。「她總是把我抱得好緊，我都快碎掉了，」貝卡說，「我真的好愛她。」我不得不同意她們說法：想到她們的奶奶有過一段她們、我和威廉都一無所知的人生，確實很奇怪。

她們又向我問起妻伊思．布巴爾。「那你喜歡她嗎？」貝卡問。我說，「喜歡啊，算是喜歡吧。你們兩個小鬼得知道，她這輩子都以為你們爸爸知道她的存在。所以說真的，如果考量這個前提的話，她已經表現得很和善了。」

「就在那條和善街上。」克麗希說，我說沒錯，就在那條和善街上。

貝卡說，「就因為那些網站，現在這種事到處都有。」然後她說有個她認識的人剛發現自己有一半挪威血統，生父也不是把他養大的男人，而真正的父親是個挪威的傢伙。

「而且就是他家郵差。」她說。

「不會吧！」克麗希說。

不過貝卡點點頭，又說了一次那傢伙的父親就是他家郵差，而且有挪威血統。

我跟她們說我們在車站想像他母親私奔的場景時，她們父親說了「去他的妻伊思．布巴爾」。「我很驚訝。」我說。

克麗希用餐巾紙擦擦嘴說，「你很驚訝他這麼說？」

「當時確實有點驚訝。」我回答。

克麗希說，「不願意見他的，可是他同母異父的姊姊啊。」然後克麗希又說，「不過爸有時的確很幼稚。我是說我也有點懂她為何不想見他。」

「是喔，可是她不知道他有時會——很幼稚。」我說。

「喔，我知道、我知道——」克麗希快速點頭。「我其實不是這個意思。」

貝卡說，「可是她是他同母異父的姊姊啊，光這個原因就該見他吧。」

克麗希的眼神放空了一陣子，然後對貝卡說，「想想看，要是布莉姬在我們七十歲時跑來找我們，你會有什麼感覺——我是說，要是她突然出現，而我們之前根本沒見過她，她還大談爸一直是個多好的父親呢？」

「我不太懂你的意思。」貝卡說。

但我覺得我懂。孩子之間會彼此嫉妒。

我想傳訊息給威廉說：別對你的女兒表現得像個渾蛋。

但我沒有。

跟女兒道別時，我的心中有種憂傷。我們一如往常地擁抱，我們對彼此說了我愛你。

那天走路回家時，我想到女兒帶布莉姬去飯店喝下午茶的事。考量布莉姬和兩個女兒的個性，這其實不特別令人驚訝，不過我想起了那棟我出生、成長的屋子——喔，我其實無法解釋我想到了什麼！不過想到我的孩子——明明只是我的下一代——已經跟我和我的出身背景如此不同，而且是非常不同，那種感覺真的很奇怪。她們跟凱瑟琳也是如此不同啊。我不知道為何這件事在當時帶給我如此大的衝擊，但就是這樣。

然後基於某種理由，我突然想像起凱瑟琳如果還活著會是幾歲。想到她那麼老的樣子，我內心瞬間倒抽了一口涼氣，也讓我因為自己的想像畫面感到極度悲傷，就跟我會想像孩子變得很老的時候一樣。光是想到她們活潑有力的臉龐會變得蒼白如紙，想到她們的四肢會開始僵硬，想到她們終將來日無多，而且我們還無法陪伴她們、幫助她們——（雖然難以想像，但那天終究會來到。）

我一直在想，為什麼凱瑟琳一過世，我就想把自己的姓改回來。我回憶她時總有一種抗拒感，覺得她在我們婚姻中的存在感太過強烈。不過一切都過去很久了，我也不確定實情是否如此。不過我回想起，威廉曾在她死後作過一個夢，夢中的他坐在汽車副駕駛座，我在後座，而凱瑟琳一直撞上前方的車子。

喔，凱瑟琳啊，我想——

我很享受照顧她的那段時光。我的意思是，我很喜歡照顧她。我可以在那段期間感受到兩人之間自在產生的親密感。我認為那種親密感確實存在。

可是她死掉之後，她最好的朋友——在她生病的最後兩個月，一次都沒來探望過的朋友——對我說，「凱瑟琳真的很喜歡你唷，露西。」然後她說，「我是說她很清楚……就是、你也知道、她很清楚有時候……啊反正就是，」那女人舉起一隻手往空中揮了揮，「她真的很喜歡你啦。」我沒有要她解釋那些話的意思，逼人解釋不是我的天性。我只是說，「我也喜歡她。我愛她。」不過我覺得——我到現在也還是覺得——因為受到凱瑟琳背叛而有點難受。她跟這位朋友談起我時一定是說了一些（大概算是）不好聽的話，我當時很驚訝，心裡也有點受傷。

不過有件怪事：我記得自己在她死後心想，至少我現在可以買自己的衣服了。於是她才剛去世，我就立刻去為自己買了件睡袍。

我在回家兩週後打電話給威廉，確認他過得好不好。他說，「喔，露西，我就是過一天算一天囉。」他顯然不想多談——或許已經開始跟新的潘姆·卡爾森約會了？又或者就是跟潘姆·卡爾森本人？——說真的機率還挺高的。

倒是我的心情糟透了。我在大衛死掉時就很慘了，那種悲慘的感受也始終沒有停止，現在我終於明白是跟威廉的緬因行轉移了我的注意力。不過我畢竟是失去了無比摯愛的丈夫，任何人都只可能暫時忘卻這種痛苦。

因為他終究還是死了。不過威廉還活著。

於是實際情況是這樣：每天晚上去採購家用品或拜訪朋友之後，在回家途中走過住處附近的轉角時，我都會想像威廉坐在我家一樓的大廳椅子上。我想像他會一邊緩慢起身，一邊對我說，「嗨，露西。」我一次又一次想像著這個畫面，想像他終究會回到我身邊。

但他沒有。

沒多久之後的九月，我撞見了艾絲黛兒。格林威治村的布里克街上有間店——我猜目標客群就是潮流人士的那種店——其實那區有很多類似的店，不過我知道克麗希很愛其中一間，再加上她的生日快到了，所以我去了格林威治村的那間店。才走進去，我就看見一個女人瞄了我一眼後馬上轉過頭去，然後又轉了回來，原來是艾絲黛兒。我能看出她原本希望我沒發現她。

「嗨，露西。」她說。我也說，「嗨，艾絲黛兒。」她沒有親吻我打招呼的意思，所以我也沒傾身靠近。然後我說，「最近好嗎?艾絲黛兒?」她說還不錯。我覺得她看起來老了，頭髮也長了，我以前一直喜歡她髮絲散發的狂野氛圍，現在卻覺得因為長度而顯得有點瘋癲。我想說的是，這種長度不太適合她。

她對我說，「威廉還好嗎?」我說，「喔，反正就還過得去。」我勉強笑了一下。我對她畢竟還是有點不滿。

「好。那麼——」她似乎不知道該說什麼了，我也沒打算替她解圍。然後她說，「克麗希和貝卡都好嗎?」我才意識到除非布莉姬有跟她提起，不然她不可能再有這兩人的消息。艾絲黛兒語帶遲疑地說，「我知道克麗希剛流產沒多久，我就——」

所以我告訴她，克麗希有為了懷孕去看一位專科醫師，艾絲黛兒說了「喔!」之後扶住我的手臂，但我還是沒有幫她開新話題。不過我想我還是該問候一下布莉姬，所以我問了，艾絲黛兒說，「她還行。就那樣。」

我本來想說我聽說布莉姬很傷心，但仍只是站在那裡沒說話，終於她說，「好的，露西，那再見啦。」

她轉身準備離開，我瞄到她臉上浮現了深刻的痛苦，終於決定敞開心胸。「等等。」她又轉身面對我。我說，「你覺得該怎麼做就怎麼做，別擔心我們其他人。」反正大概是這個意思。我只是試著在剛剛的不友善之後對她好一點。

我想她知道我在做什麼，因為她突然非常誠懇地說，「你知道嗎，露西，每當有女人離開她的丈夫時，大家都為丈夫感到難過，他們也確實該這麼做！可是，我只是想說——」她用那雙漂亮的眼睛環顧了整間店，再次望向我。「我只是想說，這對我來說也不容易。我知道我不是重點，我也不想要表現得自我中心，但我只是想說，離婚也讓我很失落。布莉姬也一樣。」

我幾乎要因此愛上她了。我說，「我完全理解你在說什麼，艾絲黛兒。」我想她應該從我的表情看出我確實理解，因為她抱了我一下，然後我們親吻彼此的臉頰。她開始流淚，「謝謝你，露西。」

她重新站好，看著我說，「喔，露西，見到你真好。」

兩週後我在雀爾喜一帶看見她。我平常幾乎不去那一區，那次是去拜訪一個搬去那裡的朋友。艾絲黛兒跟一個男人並肩走著，對方不是我在派對上看見的那個人。她挽著他的手臂——他似乎跟威廉一樣比她年長——同時興奮地和他說話。這次要把眼神別開就容易了，因為我在街道的另一側。

就其實也發生過這件事。

我想起了婁伊思·布巴爾。她似乎是個健康的人，我是指她擁有健康的內在心靈。正如我之前所說，她對自己感到自在。她的屋內始終放滿家人的照片，她的母親之前也住在那裡。光是想到她住在母親成長的房子裡，現在也還照顧著祖母種下的玫瑰花叢，我就暗自感到震驚。但為什麼我會這麼驚訝呢？我想只是因為她對那個家有歸屬感，而我從未有過那種感受。她的母親愛她，她不停告訴我這件事，她口中的母親當然是梅若琳·史密斯，就是跟她父親結婚的女人。不過婁伊思也不像是在人生第一年受過虐待，凱瑟琳那時一定也很愛她，也一定常把她親密抱在身上，並因為她的第一次發燒而擔心。當這個孩子第一次在嬰兒床中扶著欄杆站起來，她也一定曾暗自感到興奮。她一定有，我不停這樣想。

而我們永遠不會知道了。

可是我知道我的母親不是那樣。我知道我為此付出了什麼樣的代價，而那樣的代價跟我的哥哥和姊姊相比，卻又是如此微不足道。

在我還是個大一生時，有個英語課的教授——我記得那班的學生很少——常會在自家授課，他上課時妻子也會在家。之後我和這名教授及他的妻子建立了不錯的關係。有一天她告訴我——我當時大三了——她說，「我一直記得第一天在家裡見到你時，我心想：那女孩完全不懂如何肯定自己的價值。」

我哥哥的故事實在太令我痛苦了，我根本不忍心記錄下來。他這個善良的人，一輩子都住在我們成長的那棟小屋裡，據我所知也從未交過女友或男友。

我姊姊的人生也令人心痛。她是個好鬥的人，我想這種性格或許幫助她克服了許多困難。她生了五個孩子，最小的孩子跟我一樣，拿到去讀大學的全額獎學金。不過一年之後，她——我是說我的外甥女——選擇回家，現在和我的姊姊在同一間療養院工作。

就算人生仍是一片渾沌不明，我現在卻愈看愈明白了，我哥哥和姊姊所過的人生，並不是出生後一直擁有愛的人會有的人生。

我很驚訝——我那位可愛的女精神科醫生也很驚訝喔——我竟然還能有愛人的能力。她說，「露西，許多跟你相同背景的人甚至連試都不願意試。」所以，我心中被威廉稱為「歡樂氣息」的事物究竟是什麼？

但那就是歡樂氣息。

誰又知道為什麼呢？

我想起我大學時曾有一年住在校外——不過大多時間都待在威廉的公寓裡——那時走路上學的途中會經過一棟屋子，我注意到屋裡的女人有孩子。我會透過窗戶觀察她：她長得很漂亮——我想算是漂亮吧——她家餐桌上每到節日都會堆滿食物，幾乎已是成年人的孩子會跟她一起圍坐在桌邊，而她的丈夫——我想應該是她丈夫——坐在餐桌另一端。每次我經過這些窗戶時都會想，我以後也會是這樣，我以後也會擁有這些。

但我是個作家。

作家是份天職。我想起唯一算是教過我寫作的人曾提醒我，「遠離負債，絕不要生孩子。」

不過我對孩子的渴望勝過事業，所以我生了她們。但我也想發展事業。

所以最近有時我會希望過著不同的人生——我知道這樣想很傻，不但太過多愁善感也愚蠢，但我還是會想：

我願意放棄一切啊，我是指身為作家收穫的成功，總之我願意全部放棄——真的可以一瞬間放棄——只為了換來一個完整的家庭。在這樣的家庭中，孩子明白自己擁有父母全心全意的愛，而父母也始終陪伴著彼此、愛著彼此。

我有時就會這麼想。

最近我把這件事告訴紐約的一個朋友，她也是個作家，但沒有小孩。她聽完之後說，「露西，我就是無法相信你真心這麼想。」

她的這句話讓我不太高興，就是有點不高興。我的內心湧現了一絲寂寞。因為我是真心那麼想的。

我對於可能出現了潘姆．卡爾森這種角色的猜測並沒有錯。在我們從緬因回來一個多月之後，威廉打電話跟我說，「露西，你可以在網路上搜尋一下這個人嗎？」他給了我一個女人的名字，我搜尋後立刻對他說，「喔，不，這傢伙不行——老天，真的不行。」他說，「喔露西，謝謝你。」

在威廉和我各自單身的這些年——在我們各自的每段婚姻之間——我們都會幫彼此做這件事，就是針對對方的交往對象給點建議之類的。

我不能明確告訴你那天他要我幫忙搜尋的女人有什麼令我反感之處，可是我查到的是一張社交場合的照片，我是指，照片中是身穿長洋裝的她和那個場合的其他人。她大概比我年輕十歲，所在的地方看來很講究，不過她的那張臉啊，還有她的表現——或是她的某個特質——就是讓我反感，大概是一種可以向這個世界予取予求的姿態吧。威廉說，「是我先對她展開攻勢，但現在她想快速推進我們之間的關係。她之前邀我去她家，我就是沒能及時脫身。」

我說，「好吧，總之別再去了，她不會是你要的人。」他說，「謝謝你，露西。」然後他又說，「她之後可要恨我了。畢竟一開始明明是我追她，可是一到手之後——喔老天，我真是受不了她。」我說，「誰在乎她恨不恨你呢？」他說，「你說得沒錯。」

所以事情也就這樣了。

之前曾有幾次——我指的是最近這段期間——我覺得再次受到童年時空的包圍。那是一種駭人的隔絕感、一種靜默的恐怖：這類瀰漫我童年的感受就在幾天前倏然降臨。回憶中的感受悄然卻又無比栩栩如生地襲來，那是我成長過程中始終無法擺脫的末日感。我在末日感中，感覺自己永遠無法離開這間屋子（除非是去上學，上學對我來說真是全世界最重要的事，因為就算我在學校沒朋友，至少也是離開了那棟屋子）——而過往如此清晰地湧現，讓我陷入了晦暗又駭人的恐怖處境中：我覺得無處可逃。

我想說的是，小時候的我真的無處可逃。

我聯想到大衛生病前的一件事。當時我正在美國深南方[8]的某地演講，主辦那場講座的女子在隔天送我去機場時對我說，「你不是很有都會感欸。」這女人是在紐約長大的，我不知道該如何理解她的評論。她說話的態度不是很厚道啊，我心想。

不過我在她說出那句話時想起了童年住的那棟小屋子，隨之降臨的，便是星星點點灑落的抑鬱淒涼。此後我就一直在想：即便已經離家多年，那股惡臭似乎偶爾還是黏在我身上，而人們的態度有時候——在我看來——就像是我散發出了那股他們不喜愛的氣味。不過那天早上，那個女人開車送我去機場時究竟是怎麼想的，我其實也不真正清楚。

現在回想起來，我記得婁伊思·布巴爾說她見到凱瑟琳·柯爾沒穿絲襪、身上的洋裝還有鑲邊時，也感覺到了她那種「大城市的派頭」。當時我聽了心想：凱瑟琳，你成功了！你做到了！你跨越了這兩個世界的邊界！我認為她在某種層面上確實做到了，比如她會打高爾夫球，還會固定去開曼群島旅行。為什麼有些人就是知道該這麼做？而包括我的其他人卻還是會因為實際的出身而隱隱散發出糟糕的氣味？

我很想知道。我永遠不會知道。

凱瑟琳啊，她身上總散發著自己決定一切的氣味。

我想強調的是我有個文化盲點始終沒消失，但那又不只是一個點，而是一片讓人生變

8 Deep South，美國南方腹地的區域統稱。

得非常嚇人的空白畫布。

我就像是在威廉的帶領下走入這個世界。我想說的是，就算我是個很能被帶領的人，真正帶領我的人還是他。另外還有凱瑟琳。

喔我真的好想念大衛！我想起他在死去的前兩天都沒說話，也幾乎完全沒動，但他過世時，我卻為了打電話離開房間所以沒在他身邊。我後來才知道很多人都會這樣：他們要等深愛的人離開身邊才有辦法死去。

不過護士告訴我——她是這樣說的——（喔，天哪！）——她說大衛有開口說話。他的雙眼仍閉著，但確實有說話。他的遺言是：「我想回家。」

我之前覺得我沒有和他建立一個真正的家——但其實有啊！這就是我跟他建立的家，

這間俯瞰東河和整座紐約市的小公寓就是我們的家。

我並不後悔繼續住在這個家裡，即便心懷哀痛時也一樣。

我突然想起他有多喜歡在每天早餐的麥片粥裡加覆盆子，而且是新鮮的覆盆子：他平常就會去逛每週日來城裡擺攤的農夫市集，每到七月就會去買覆盆子回來冷凍，好讓自己一整年的麥片粥裡都能有覆盆子。然後我想起，他再過四天就要做大腸鏡檢查的那天早上，由於醫生指示檢查前五天不能吃種子食物，所以我們那天準備吃麥片粥時——準備吃麥片粥是我一天中最喜歡的時刻之一——他突然說，「等等，我需要加覆盆子。」我提醒他醫生下的指示，並看見他的表情垮了下來——那模樣就像個傷心的小孩，喔老天啊，我們知道一個孩子可以有多傷心——他說，「所以今天不行了嗎？」

所以我起身去替他拿了覆盆子——話說為了每天吃早餐時可以用覆盆子搭配麥片粥，他前晚都會先從冷凍庫裡拿一些出來——我對他說，「好吧，還可以吃一點。」於是那天他吃了覆盆子。他很開心。

我提起這件事是因為，當深愛的人過世時，我們會回憶起的就是這種奇怪的片刻：大衛那天吃了覆盆子，他很開心。我就是記起了這件事，並因此感到心痛。

再告訴你們一件大衛的事就好，之後就不說了：

我曾跟一個約會對象去聽了三、四年的紐約愛樂演出，然後注意到了臺上演奏大提琴的男人，因為他總是很緩慢地上臺。他的髖關節有問題，我後來發現（我之前也提過了），那是因為他在童年時期出過意外。他個子不高，體重有點過重，每次上臺或下臺時——我有時會為了目送他離開留得比較晚——總是走得很慢又步伐不穩，樣態也比實際年齡老，頭頂禿掉的那塊邊緣長了一圈灰髮，大提琴則演奏得很優美。我第一次聽他演奏蕭邦的升C小調練習曲時，心想：這就是我全心渴望的一切。可是我甚至不知道自己這麼想了。我只是想強調，當時在這個世界上，他的音樂是我唯一的渴望。

●●

沒再跟那個男人約會後，我自己去看了兩次紐約愛樂的表演，並在第二次回家後上網搜尋了那位大提琴演奏家的資料。雖然花了點時間，但仍有找到他的名字——大衛．亞伯姆森——不過無法確定有沒有結婚，總之除了他有在紐約愛樂演奏之外，幾乎沒找到其他資訊。第三次獨自去看表演時，我在結束時看著他走下臺，突然想：我要去找他。我找到了他會經過的舞臺出入口，他也確實從那裡走了出來，當時是十月，氣溫還沒太涼，我在他出來時上前說，「不好意思，很抱歉打擾你，但我的名字是露西，我愛你。」我不敢相信自己說出了這種話！然後我又說，「喔，我的意思是我愛你演奏的音樂。」這個身高跟我差不多——也就是不高——的可憐男人呆站在那裡，他說，「啊，謝謝你。」然後準備離開。我說，「不，我很抱歉，我那樣講聽起來很瘋狂。我只是想說，我已經熱愛你演奏的音樂好幾年了。」

這個男人站在出入口的燈光下望著我，我可以看出他在打量我，終於他開口了，「你說你叫什麼名字？」我又告訴他一次，接著他說，「好吧，露西，想一起喝一杯嗎？或是咖啡？還是想吃點什麼？你覺得呢？」

之後他說我們的相遇可謂正逢其時。

我們在六星期後結婚。雖然我和威廉結婚之後變得很怪，對這次的再婚卻沒有任何疑慮——這次的情況跟之前完全不同。

跟大衛・亞伯姆森在一起的我，完全沒有變得詭異或奇怪。生活就跟我第一晚遇見他時一模一樣地延續了下去。

我在接下來幾週想了威廉的事，我想到他曾讓我感到無比安全。我其實很想知道自己為何這樣想，因為根本沒有道理，不過生活本來就沒有道理可言。然後我想：威廉啊，他到底是什麼樣的人？

我也想到我在緬因那天說的話，我說他其實就像是跟自己的母親結了婚。但若是如此，我跟他結婚時又像是和誰結了婚？總之絕不是我父親——

難道是我母親？

我沒有答案。

然後我想起回紐約前，我在機場看見的那個胖男人，想起當時我覺得自己跟他很像：我覺得自己像個異常顯眼的隱形人，但又覺得別人不會第一眼就看出我的異常。然後我心想：嗯，威廉也是個異常顯眼的人。

這讓我想到婁伊思·布巴爾，她曾坐在椅子上傾身靠近我，問起威廉，「他有什麼——就是——他有什麼毛病嗎？」

我心想：婁伊思·布巴爾，你就下地獄去吧！威廉當然有毛病啊！我幾乎笑出來。我竟然用威廉的方式去回應她了。

然後有一天早上我去河邊散步——那是十月初的某一天——回到住處大樓時看見威廉坐在大廳。在大廳椅子上閱讀的他，在我走進去時緩慢闔上了大腿上的書，站起身，「哈囉，露西。」他的小鬍子刮掉了，頭髮變得比較短。我不敢相信他竟然變得這麼不同。

「你在這裡做什麼？」我問。

他笑了——幾乎可說是真心笑出來。

「我來問你一個問題。」他說這句話時微微鞠了個躬，先是瞄了門房一眼，又望向我，「我可以上樓嗎？」

所以威廉上樓來到我的公寓門前，但在踏進來時顯得有點猶豫。「我都忘記你住的地方長這樣了。」他說。

「你之前有看過？」我不知為何真的很緊張，明明他只是小鬍子沒了、頭髮又變短了而已。

「大衛死的時候我有來幫你處理一些事。」他邊說邊看了看四周。

喔天哪，我心想，對啦他那時候有來。

「所以是怎麼回事？」我問。「怎麼有了新打扮？」我把手放到自己嘴邊，指了指他原本留小鬍子的位置。

他聳聳肩，「就是覺得可以改變一下。我對那種愛因斯坦風格沒興趣了。」他臉上幾乎是帶著興奮的表情開口，「我想我看起來像——」他說了一個名演員的名字。「不覺得嗎？」

我上次看到威廉臉上沒有任何毛髮已經是很多很多年前的事了——當時我們很年輕，幾乎還算是孩子。而現在的他可不年輕了。

「好吧，」我說，「或許吧。是有點像。」我其實看不出威廉跟他剛剛提的那位演員有任何相似之處。

威廉一邊說話一邊快速觀察四周，「這裡很不錯。」他又說，「空間小，有點亂，但很不錯。」他姿態猶豫地在沙發邊緣坐下。

「你看起來就跟你母親一樣。」我說，「喔，老天，威廉，你的嘴巴跟你母親的嘴巴一模一樣啊。」這是真的：他那對很薄的嘴唇就跟他母親生前的嘴唇一樣，不過顴骨突出的方式和她不同。他的眼睛很奇怪地似乎沒有之前大。我意識到他瘦了一些。

早晨的陽光從俯瞰東河的窗戶流瀉進來。

威廉說，「嘿，露西！理查德・巴克斯特是來自緬因州的雪莉瀑布小鎮，不是我們上次去的那裡。」

我不知道該說什麼，所以我什麼都沒說。

威廉說，「還記得你也去過那裡嗎？」我點點頭。他說，「總之，我搜尋他的資料時發現他是來自那裡。很酷，是吧？」

「應該吧。」我說。

威廉抬頭瞇眼望向我，「露西，你願意跟我一起去開曼群島嗎？」

我說，「什麼？」

他說，「你願意跟我一起去開曼群島嗎？」

我說，「什麼時候？」

威廉說，「這週日？」

「你是認真的嗎？」我問。

他說，「再等下去就是颶風的季節了。」

我緩慢地在窗邊椅子坐下，「喔，威廉，別折磨我這把老骨頭了。」

他只是聳聳肩，微笑，然後站起身把雙手插進口袋。「你看，」他把頭往下方點了點，幾乎像個孩子一樣抬高眼神望向我。「這條褲子不會太短了，對吧？」

那條卡其褲其實還是有點太短，但我說，「不會。這長度沒問題，威廉。」

他重新在我對面的沙發上坐好。「就一起去吧，露西。」他說。陽光直射他的雙眼，我起身關上百葉窗。

「天，你真是要折磨我這把老骨頭啊。」我再次坐下。

他似乎傷心起來，「抱歉。」

我望著他，他把兩隻手肘撐在膝蓋上坐著，雙眼望向地面。我心想：威廉，你到底是什麼樣的人呢？

不過我心中浮現的不只這個疑問，還有種驚惶不安的輕顫穿過我的身體。那感覺好奇怪。

威廉終於還是一臉懇求地望向我。「很希望你能跟我一起去啊，小巴。」他說。

他這樣稱呼我真怪。我是說我感覺很怪。總之有點不太自然。

我說，「你剛剛在看什麼書？」他把書舉起來，那是本珍．威爾許．卡萊爾[9]的傳記。

我說，「你在看那個？」

威廉說，「對啊，你聽過這本書嗎？」我說我讀過，我很喜歡。他說，「就是說啊。我也喜歡，但才剛開始讀而已。」

「為什麼選這本傳記來讀？」我問。

他輕輕地聳聳肩說，「喔，有人建議我讀的。某個女人。」

他說，「我覺得我該多了解女人才開始讀的。」

「啊。」我說。

我笑了出來，是真心笑出來，因為我以為他在搞笑。但他一臉不太明白有什麼好笑地看著我。

「寫這本書的女人是我一個朋友。」我說。他看來對這項資訊不是很感興趣。

然後他說，「跟我去開曼群島吧。我們週日出發，週四回來。就在那裡待三天。」

「我明天跟你確認，」我說，「這樣夠快了吧？」

威廉說，「我不知道你為什麼不能直接答應。」

「我也不知道。」我說。

然後我們聊起兩個女兒。我說我母親之前有看見我懷孕的異象，而我也有試著去看見——不過我想看見的是克麗希懷孕的異象。「但就是沒辦法。」我說，「我不知道她到底會不會懷孕。」

「你不可能靠意志力去看見異象。」他說得沒錯。

我說，「嗯，這倒是真的。」

他揮揮手說，「她會再懷孕的啦。」我說，「希望如此。」我幾乎要告訴他克麗希說他表現得很渾蛋的事，但這個坐在我對面的男人看起來不太一樣了。沒了小鬍子而且頭髮又剪短的他顯得很陌生，所以我沒提起。

他和我互吻臉頰後離開了。

9 Jane Welsh Carlyle，蘇格蘭作家。

那晚躺在床上，我想著待在我公寓的威廉和他的臉，還有我們之間的對話，突然之間，我心想：喔，他喪失了那種主導一切的權威。
我因此坐起身來。
我因此下床在公寓內遊走。
他可是失去了他的主導權啊。
是因為小鬍子的關係嗎？
是有可能。但我又怎麼可能知道呢？

我當時記起了這件事：

離開威廉的幾年後，我和一個住在曼哈頓博物館對面的的男人交往。那個男人愛我，也想跟我結婚（他就是帶我去看紐約愛樂表演的人），可是我不想和他結婚。他人很好，但總是讓我很焦慮。另外我一直記得這件事：他家對面的博物館有座塔樓，每到晚上——我每星期會在那裡大概待上三天——這座小塔樓都會打開一盞小燈，於是我總想像有個人會在那裡工作到很晚。在我想像中對方是個男人，可能是年輕人或中年人，偶爾也會想像那是個女人。我想像這個人對工作實在太有興趣了，所以他——或者是「她」——總是必須工作到很晚。每次想到他——或是她——獨自在那座亮燈塔樓內工作到那麼晚而勢必感受到的孤寂，我總是深受觸動。我因而獲得的撫慰真的是——！每天晚上我望著博物館塔樓上那些被燈光照亮的窗戶，想到有個孤寂的人在那裡工作了整夜，我的內心就覺得深受撫慰。

直到好多年後，我才明白我其實從未見過那些燈不亮的時候，無論是週五、週六或週日的夜晚都一樣。那裡的燈光永遠亮著，所以我是直到好多年之後才明白，當我看著那些燈火時，無論是剛過午夜、凌晨三點，或者室外光線已經明亮到無法再看出那裡有開燈時，其實都沒人在那裡工作……直到多年後我才明白，讓我這麼想的始終是我自己創造出來的神話。

那些時候，塔樓裡始終沒有人。

可是在我的回憶中——那段人生中的許多許多個夜晚啊——那種受到撫慰的感受縈繞不去。當時離開丈夫的我總是擔驚受怕，躺在身邊的男人愛我，卻又總是讓我焦慮，但我總還能望著那盞燈光。是那座塔樓裡的燈光支持我走了過來。

不過那道光並不是我原本想像的那樣。

這就是我和威廉的故事了。

我簡直不敢相信，我的感覺就像是被滔天巨浪潑了一頭冷水。威廉就像博物館裡的燈光，我曾相信那道光在人生中帶領了我。

然後我心想：那道光確實帶領了我啊！

我坐在椅子上，望向窗外的城市燈火，這裡可以透過公寓窗戶看見帝國大廈。我望著帝國大廈，然後眼光移往更靠近我的那些公寓，那些公寓裡也總是有些燈亮著。

然後我心想：好，我要盡可能假裝這件事沒發生。

我想要保護威廉，我不想讓他知道我剛剛明白的事。另外我也想保護我自己。是，木已成舟的事實不可能改變，但我想盡可能誠懇表達的是，我不想讓威廉在任何層面意識到，他在我面前已經是個失去主導權的人。

我曾覺得威廉和我就是漢賽爾和葛麗特，但這種感受已經消失了。我不再是那個指望漢賽爾帶領的小女孩，威廉也不再是——事情就是這麼簡單——他不再是能讓我感到安全的人了。

我知道現在就算吞安眠藥也沒什麼意義。我起床在公寓內遊走，接著又在窗邊的椅子上坐了好久。

我想起我們的女兒，最需要他的是貝卡：她從未使用過「主導權」這個詞，但她需要感覺父親在她面前是個握有主導權的人。我坐在那裡，想起她孩子氣的甜美臉龐時仍深受觸動。然後我又想起克麗希，她可能也還是如此看待威廉，畢竟他是她的父親啊。不過我覺得若要討論和父親相處的議題，她似乎總是比貝卡做了更充足的準備。誰知道為什麼呢？我們有誰知道一個孩子怎麼變成了這樣、另一個孩子又怎麼變成了那樣呢？

我在太陽快要升起時傳訊息給威廉：好的我會去。他立刻回覆我：謝謝你，小巴。

然後我睡著了。

那天接近中午的時候，我在公寓內到處走動，把打算帶去開曼群島的衣服都攤在床上，卻又一直停下手中動作坐在床上思考。我當然知道為什麼威廉選擇邀請我去開曼群島而非其他地方。我想像自己坐在他身邊的躺椅上，陽光灑落，整個畫面就像凱瑟琳之前帶我們去時一樣。我想像他在讀那本有關珍．威爾許．卡萊爾的書，旁邊的我也在讀書。我想像我們每隔一段時間就放下書彼此交談，然後再把書拿起來讀。

有那麼一刻，我坐在床上大聲說，「喔，凱瑟琳。」

然後我又心想，喔，威廉！

不過當我想著「喔，威廉！」的時候，我想的難道不也是「喔，露西！」嗎？在這個我們不真正認識任何人，甚至不真正認識自己的寬廣世界中，我想的其實不就是「喔，每個人」、「喔，親愛的所有人」嗎？

但其實無論是面對他人或自己，我們也不是一無所知吧。我們對這世上的人總還是有那麼點認識的。

不過我們所有人都是神話，我們無比神祕。我想說的是，我們都是謎。這或許是我在這世上唯一確知的真相。

【推薦文】

喔的一百萬種用法

◎陳栢青（作家）

你，這麼孤獨。

你試圖隱藏。

我第一次感受到孤獨，是在七歲某一天上午十一點。孤獨明顯而堅硬，具體而言是鋁製便當盒的形狀。

早上算起來第四堂，一定要是那節課，孤獨總大舉來侵。

我希望我是個隱形人。

孤獨首先表現為一種飢餓。

孤獨抱持上半身不動，是一雙手在抽屜裡窮忙活，不甚熟練地打開便當蓋。筷子直起來會比抽屜長，所以挾菜時總是讓飯粒散落抽屜四處，後來我打開課本時經常發現被乾掉的飯粒黏住了。孤獨其實很不清爽。孤獨很難清得乾淨。

孤獨必須抓準時機，我趁老師轉頭寫黑板時快速低頭扒飯塞進嘴巴裡。

孤獨是鐵筷子敲打便當盒發出的聲響。嗡嗡共鳴。空空作響。

你，非常餓。

你，沒有辦法忍耐。

從後面看到你小小的肩膀微微地抖動，幾乎以為你在哭。

十幾年後同學會，我的小學同學（他們的孩子都上了小學了。他們的孩子還帶飯盒去蒸便當嗎？）會這樣回憶。

明明再等一會兒，就午餐時間了，要吃飯了，可你就是餓，就想立刻吃東西。

但我沒辦法跟他們說。

十幾年後，有一天，我讀井上廈的小說，女孩總在課間吃便當。但她真的那麼餓嗎？小說裡有人告訴女子高校生，你一定羞恥於自己的便當菜色很寒酸吧。所以你總是躲起來偷吃掉。但你不知道，愈是藏頭蓋臉，愈是遮掩，同學愈會想窺看你的便當。寒酸與貧窮才是發育小獸們生活裡的主菜。那不如這樣吧。你表現出很餓的樣子。你一定要挑上課的時候吃便當，這樣子，躲起來吃才理所當然。你就不寒酸了，你就不窮了，你只是餓。

我永遠記得這篇小說，讀的當下，讓我覺得那就是一封信，寫給當年還是小學生的我自己。

我沒辦法跟別人說。甚至沒人跟我說。

只有那一個月，媽媽忽然不在了。她去了哪裡？有一天忽然重新出現在房子裡，飯菜熱騰騰在圓桌上旋轉，好像只是繞一圈又回來。

只有那一個月，爸爸負責替我準備便當。

只有那一個月，打開便當蓋子：昨晚吃剩的麥當勞薯條配壽司。太多的白飯上鋪著冷凍三色豆，很像兩顆失神的眼睛，那就是失去女人的男人們的臉。我的便當裡一切都很潦草，飯冷冷地扒進嘴裡，下層的總是沒有熟，蒸飯也無法炊軟。柔軟的牙齦能感覺乾米粒刮過。

這樣的便當，不能給人家看到。

不，不如說，這樣的家，我不會解釋。這樣的家，七歲孩子本能地想，不能給人知道。

我希望我是隱形人。

我是在那時明白，什麼是隱形。

隱形未必是看不見。隱形有時候是，大張旗鼓，只是為了掩蓋。很熱鬧，才好淒涼。

七歲時早上算起第四堂課的每一口便當，都是孤獨的味道。

孤獨是，從此你有了一件，永遠無法告訴他人的事情。一切只是斜斜地錯開了。

關於孤獨，或者，甘於隱形人，我不知道還有誰比露西．巴頓懂。

「我想說的是我覺得自己像個隱形人。那是一種潛藏在心底的感受，很難描述。我真的無法解釋，只能說——喔，我不知道該怎麼說。」

喔，露西．巴頓。

露西．巴頓是伊麗莎白．斯特勞特筆下的角色。露西．巴頓是誰？你只要知道，她是個成名作家，露西．巴頓來自伊利諾州小鎮。她第一次登場是在《不良品》這本小說中，英文原書名是*My Name Is Lucy Barton*（我的名字叫露西．巴頓）：「我們是怪胎，我們一家人都是。」小說開場兩句石破天驚，也是露西．巴頓的自我介紹了。

露西．巴頓的爸爸是傭工，工作有一搭沒一搭，媽媽在家做裁縫，縫紉機下密不透風，對待孩子卻像用針尖在刺。露西．巴頓家裡好窮，露西．巴頓十一歲之前住在車庫裡。露西．巴頓小時候家裡沒有電視。在外面沒有朋友，學校裡小孩靠近她只是為了喊一句「你們一家都臭死了」然後快速跑開。

好窮的，來自鐵鏽帶的露西．巴頓去了紐約。後來成為作家。她成功了，所謂美國夢的代表。她擁有眾多讀者。結婚又離婚。她的第一任丈夫是威廉。他們在一起又分開。然後她有了第二次婚姻。再接著，第二任老公死了。

其實這些你都不知道也無所謂。甚至，不知道更好。你還是會在第一眼看《喔，威廉！》時快速進入，你只要知道，露西．巴頓是女人。露西．巴頓老去了。露西．巴頓剩下自己一個人。

老了，就什麼都沒有了嗎？

但《喔，威廉！》告訴你，故事現在才開始。故事總可以開始。

露西．巴頓老了。她前夫威廉也老了。他們離婚了。她曾經出軌。他也是。一切都好公平，一切又不公平。因為他是男人，而她是女人。這是兩個老人的故事。他們一起踏上旅程，這麼靠近，卻連夫妻都不是。他們想追溯過去，探究身世之謎，卻發現所有知情的人，要不死掉，要不從未相識。我不知道有什麼比這更孤獨的，與你結伴的，不是伴侶，而所有你想知道的真相，都帶到土裡了。

但就是這樣，才好看。伊麗莎白．斯特勞特筆下寫婚姻，其實連婚姻都說不上。

她寫家庭，但殘破不堪。她寫愛，彼此都是怨懟。可說起來，誰的婚姻不是這樣？誰回到家沒有感到那只是間房子的片刻？而誰的愛不是千瘡百孔？

好像怕老還不夠，《喔，威廉！》的主題台灣人最懂。摘自新世紀台灣政治第一戰的候選人流行語，就四個字：「又老又窮。」

露西．巴頓很窮。在《喔，威廉！》中，她窮出一個新高度。窮不是講自己三級貧戶。不是現在富了可以憶苦思甜，窮是她永遠記得婆婆第一次跟朋友介紹自家媳婦，「這是露西，露西出身貧寒。」

窮是和丈夫一家去度假，都到了小島豪華飯店上，露西．巴頓已經擁有人們想要的，一個家，一份職業，一個肩膀，毫無後顧之憂，甚至比一般人期待的更好。「我開始覺得一切都很恐怖，我不知道──絲毫不知道──該怎麼做……」旅館鑰匙怎麼用？去游泳池要穿什麼？為什麼每個人都知道自己該做什麼？於是，我們的大作家，露西．巴頓，最後勇敢地從泳池邊站起來，直直走，卻是走到飯店自己房間裡，在裡頭哭個不停。

「我同時覺得自己像隱形人，又覺得有聚光燈打在我身上。」再沒有比這句話說得更好的了。

窮是「自己不配」，窮總是如影隨形。

原來富都是一下子的，窮卻可以是一生的。

伊麗莎白．斯特勞特寫的其實是階級。是美國夢與其夢醒時分。伊麗莎白．斯特勞特筆下寫的，從來都不是擁有，而是其失去。而一切終將失去。

你是不是曾在午夜醒來，忽然想到這一切——青春、愛、家庭，甚至床邊搖籃酣睡的大狗狗小貓貓——都不會是永遠？

你是不是不知道怎麼描述這分隱隱的擔憂？就是害怕。一種懸。腳趾碰不到地。你是不是在那一刻，感受到某種堅硬的什麼抵著自己。近乎孤獨。

「我想要寫那些沒人會跟心理醫生說的事情。」接受歐普拉採訪時，我們的小說家說道：「我想寫人們不知道如何用言語描述的事情。」

我想寫。

《喔，威廉！》怎麼寫出來的呢？根據二〇二一年十月《娛樂週刊》的報導，更早前《不良品》被改編成舞台劇，對，露西．巴頓走上百老匯舞台了，小說家和導演相聚在後台，伊麗莎白偶然聽到女主角一句閒聊：「我覺得威廉有外遇。」瞬間腦袋裡雷光一閃，小說家心想，喔，威廉。

故事誕生了。

我想寫。不如說，因為人們有故事。而故事必須被說出來。

「我只是在寫人，他們感到孤獨，但同時又希望有所連結。」小說家在節目上這樣告訴歐普拉。

在《喔，威廉！》中最常出現的一個單字是什麼？我想就是「喔」了。

喔。威廉。

喔，露西．巴頓。

其實我們生活中最常出現的，何嘗不是這個字？

當你滿懷愛意，臉一紅卻怎麼也說不出口。當你握住對方的手，眼珠子溜轉可捕捉不到適當的詞彙。你有千言萬語，最後終歸是一句感嘆，喔。

回到我七歲的孤獨裡，很奇怪，我從來沒問過媽媽，那些日子，你去哪裡了。你遭遇了什麼？但事後我不停思索，結論總是，喔，媽媽。

我也沒問過爸爸，一個男人怎樣默默撐起一切。現在我還維持舔舔便當盒蓋的習慣。鋁板金屬有一種冰涼的鹹，牙齒都因此發疼。我想，那是不是沉默的男人的味道？

喔，爸爸。

你發現了嗎？喔有一百萬種用法。但你不會用在自己身上。「喔」是發語詞，是感嘆，是總結，「喔」永遠有一個對象。

聲音必須要對別人發射，對話才能變成對話。我聽說在古婆羅門教義中，「唵」（Om）代表「貫徹一切事」，整個宇宙都藏在這個發音中。那麼，「喔」就是我們現代的「唵」。我們只能對別人發出，說出Oh的時候，代表，有另一個人在，而我們想對他說話，我們想與別人有所連結。

如果能回到七歲的教室裡，我希望能有那樣一個人對我發出聲音。

喔，栢青。

如果七歲有一天，當我窸窸窣窣撥開舊報紙，忽然先聽到隔壁傳來便當鐵殼聲。

誰也在上課偷吃便當？

然後我轉過頭，那是你欸，某某，你那麼受歡迎，你是全班最好看那個人，你總是壞壞的，你把頭髮抓得刺刺的，你的眼睛總是亮亮的，你離我好遠好遠。我總是想，如果我能當一天的你……

然後，你打開自已的便當。你對我眨眨眼睛。

那時，我就不是唯一在早上第四節偷吃便當的人了。

一雙筷子敲響便當盒，那是孤獨。但當兩雙筷子，可能加上一支湯匙，金屬的共鳴，可以是交響樂。

喔，某某。

這一生，我耳邊都將迴盪那聲音，像是教堂的鐘聲。我知道宇宙裡有人眷愛著我。

喔，神啊。

當然，這些沒有發生。

但它又發生了。

當你打開伊麗莎白．斯特勞特的小說。像塵封的便當盒被打開一條縫，你往裡頭瞧，你會稍微看到，另一個人的心。而且伊麗莎白．斯特勞特會讓你感受到，這一顆心，和你的好像。一樣疼。一樣值得被疼惜。

在宇宙裡，你並不孤單。

現在我覺得好一些了。

【心理師讀後分析】

自始至終，都是兩個女人的交鋒

◎劉仲彬（臨床心理師）

讀這故事，需要一些耐性。

它的結構很簡單，上下半場，一分為二。上半場是回憶錄，下半場是歸鄉路，從上半場可以看出故事梗概：主角露西是位作家，前夫威廉則是微生物學教授，兩人結縭近二十年，因威廉外遇離異，爾後各自嫁娶。數年後，威廉三度仳離，露西的繼任丈夫則因病離世，兩人同逢變故，再度相遇。

美式婚姻，不意外。

故事從露西的回憶開展，而這段回憶錄就像一組捷運路線，起站是前夫威廉，下一站是婆婆凱瑟琳、接著是兩個女兒、威廉的前妻們、露西的原生家庭、病逝的繼任前夫，甚至連當初介入他們婚姻的閨密都跑來參一腳。當中出現過的人物，大概跟板南線的站數差不多。

可惜她的回憶不像捷運那麼安分，而是恣意地在來回跳轉，於是各路人馬輪番登場，背景時空錯落紛雜，劇情也缺乏明確軸向。唯一固定的場景，就是露西的大腦。

當時我無法領會作者的用意，只知道耐心是走過上半場的條件，畢竟主要情節都在意識中流轉，人物則在回憶裡往返，主角彷彿意外闖進了吳爾芙的小說，卻看不到盡頭的光。

有些故事，一旦熬過了上半場的伏線千里，下半場便柳暗花明。等到闔上書本，在腦海重溫整個結構後，才會發覺前半段的每一個坑都別具深意。

這故事正是如此。

但要享受這種填坑的快感之前，必須先熬過露西的腦中小劇場，耐心地通過故事中線，才會發現先前埋下的伏筆，將會在下半場的公路之旅一一兌現。

是的，這個探討婚姻關係的故事，就像一齣懸疑劇。同樣是解謎，同樣都在尋找最後一片拼圖，但它拼的既非主謀的身分，亦非兇案的真相，而是兩位主角的性格曲線。

它想講的是：「一個人怎麼會變成現在這樣？」而這往往才是生活中最大的懸念。

關於人的變化，得先從性格談起。所謂性格（Personality），指的是「一個人面對外界刺激時，所反應出來的情感與行為模組」，而這套模組有其一致性，無法輕易更動。

模組的產生，通常源自先天氣質與後天環境。先天氣質是老天給出的原廠設定，沒辦法討價還價，唯一能動的，是後天環境的條件。但矛盾的是，這方面我們似乎也無能為力，因為父母才是站在儀表板前的人，若要探討一個人的性格養成，「家庭」會是最主要的關鍵字。

因此，上半場那些開枝散葉的回憶、即與穿梭的插曲，其實都在建構兩位主角的原生家庭與性格曲線。每個人物都有任務在身，每段關係都為在下半場鋪陳，直到威廉同母異父的姊姊——妻伊思出現為止。

她是被隱藏的史料，也是整起故事的轉折。

由於她意外現身，使得劇情急轉直下，威廉不得不央求前妻作陪返鄉，一同尋找妻伊思的蹤跡。而這趟解謎之旅，也迫使著兩位主角面對自己的過去。

《喔，威廉！》的下半場，或許會讓人想起伊恩．里德（Iain Reid）的《我想結束這一切》（*I'm Thinking of Ending Things*）。同樣以返鄉為背景，後者以返鄉之名，讓主角在腦中建構了一場對人生未竟事務的想像與壯遊。本作則是藉由返鄉，讓主角回望幼年的傷，以及它如何影響一個人的模樣。

兩個故事，血肉各自精采，但骨子談的都是家庭。

威廉與露西的性格天差地別，因為他們生長在平行宇宙。威廉行事一絲不苟，優雅而強勢，某種程度上接近「強迫型人格」（Obsessive – compulsive personality），也就是俗稱的職場勝利組體質。主要特徵是「完美主義」，行動猶如描線練習般精準，分毫斟酌，因此需要強韌的掌控與支配力。這通常源於父母的意志，並延長為人格的一部分。

相形之下，露西則顯得平易近人，甚至傾向自卑。一般而言，會造成孩子自卑的後天環境，不外乎四個條件：

・經濟弱勢
・語權剝奪（「你給我閉嘴就對了。」）

・優勢忽略（「什麼都不會，怎麼不去學學別人。」）
・期望代償（「為了這個家，你一定要出人頭地。」）

不幸的是，露西家幾乎包攬了所有的條件。

一個人對抗自卑的方式有很多種，露西選擇了常見的那種——尋找可靠的另一半。那是一種讓人安心的方式，即便她心知肚明，自己只是個被支配的對象。但被支配不等於「甘願被掌控」，至少一開始不是。支配大多是源於「安全感」與「創傷」，懂得適度支配與主導，往往能在關係進展之初，搏得對方的信任與安全感。對於曾經歷過創傷，因而尋求安穩的人而言，一旦認定歸屬，基於信任，便會逐步將支配權交給主導方。

無論愛情或宗教，都一樣。

畢竟人之所以渴望情感，很多時候是為了填補家庭的洞，又或者，心裡的洞。倘若施力得宜，支配也可以是穩定關係的手段。它就像籃球球權，由一球在手的人主導局勢，但要贏下比賽，除非能輪替球權，交叉掩護，才有辦法笑到最後。在健康的關係中，看的不是誰能永遠支配誰，而是誰願意在局勢變糟時，出手掩護對方。

可惜這件事並不容易，因為槓桿的支點，並不會在每一回對峙中浮現。久而久之，強勢的一方不願交接，弱勢的一方不敢承接。主導者醉心於擺布，受控者習慣被調度，槓桿永遠傾斜，無從掩護，只剩控訴。

這是露西與威廉的結局，也是婚姻中永恆的習題。

在故事接近尾聲之際，妻伊思揭曉了生母凱瑟琳的過往，返鄉公路來到終站。讀者此時才會赫然驚覺，故事的主角根本不是露西與威廉，而是露西與凱瑟琳。

自始至終，都是兩個女人的交鋒。

原來凱瑟琳的童年，過得比露西更寒磣。於是她決定逃離那棟破屋，先蹭個有錢的農場主人，待時機成熟，再拋夫棄女前往城區尋求生機，發誓一定要把日子過得優雅而體面。

然而要做到這份上，就必須改頭換面，精準地掌控生活的線條，將力氣花在肉眼可及的形象上，再花更多的力氣鎮壓那些難捱的回憶，不能有任何閃失。要能優雅地笑，然後反手鎖緊地下室的門才行。

於是，支配欲通過了凱瑟琳，流進威廉的身體，也流進他的婚姻裡，而最後留下的，是唏噓的結局。

身為婆婆，凱瑟琳始終蔑視露西的身世，她最大的樂趣就是改造媳婦，可惜從來沒成功過。原因很簡單，因為露西選擇接受。雖然自卑讓露西無法成為真正的紐約客，也讓她在文字以外矮人一截，但她並沒有選擇鎮壓，而是找到了處理傷口的方法。

處理自卑的第一步，是接納。自卑不一定是來自籌碼多寡，有時是來自「對期望的落差」。不一定要超越什麼，而是認清手上的牌面，送出最合理的組型，換得對稱的期望。穩紮穩打，正是露西一直以來的作法，只是她沒意識到，這也是一種掌握人生的方法。

故事結尾，返鄉之旅結束後，威廉削短了鬚髮，卸下了防範，過往的強勢氣場盡失。露西這才意識到，原來自己也有掩護對方的能耐，而且一路上都在做這件事。她從來沒有迷失方向，也不需要再仰望，因為她要的並不是引路人，而是同路人。

這是槓桿出現支點的時刻，即便為時已晚，卻無須悲哀。

有生之年，狹路相逢，大半輩子的制約支配，終究畫不成最後的圓，但若還能留個彼此心照的缺口，其實也就夠了。

國家圖書館預行編目資料

喔，威廉！/伊麗莎白.斯特勞特(Elizabeth Strout)著 ; 葉佳怡譯. -- 初版. -- 臺北市 : 寶瓶文化事業股份有限公司, 2022.09
面 ; 公分. -- (Island ; 319)
譯自 : Oh William!
ISBN 978-986-406-311-6(平裝)
874.57 111011441

寶瓶 AQUARIUS

Island 319

喔，威廉！

作者／伊麗莎白・斯特勞特（Elizabeth Strout）
譯者／葉佳怡

發行人／張寶琴
社長兼總編輯／朱亞君
副總編輯／張純玲
資深編輯／丁慧瑋
編輯／林婕伃
美術主編／林慧雯
校對／林婕伃・丁慧瑋・陳佩伶
營銷部主任／林歆婕　業務專員／林裕翔　企劃專員／李祉萱
財務／莊玉萍
出版者／寶瓶文化事業股份有限公司
地址／台北市110信義區基隆路一段180號8樓
電話／(02)27494988　傳真／(02)27495072
郵政劃撥／19446403　寶瓶文化事業股份有限公司
印刷廠／世和印製企業有限公司
總經銷／大和書報圖書股份有限公司　電話／(02)89902588
地址／新北市新莊區五工五路2號　傳真／(02)22997900
E-mail／aquarius@udngroup.com

著作完成日期／二〇二一年
初版一刷⁺日期／二〇二二年九月六日
ISBN／978-986-406-311-6
定價／三七〇元

愛書人卡

感謝您熱心的為我們填寫，
對您的意見，我們會認真的加以參考，
希望寶瓶文化推出的每一本書，都能得到您的肯定與永遠的支持。

系列：Island 319　書名：喔，威廉！

1. 姓名：＿＿＿＿＿＿＿＿＿　性別：□男　□女

2. 生日：＿＿＿年＿＿＿月＿＿＿日

3. 教育程度：□大學以上　□大學　□專科　□高中、高職　□高中職以下

4. 職業：＿＿＿＿＿＿＿＿

5. 聯絡地址：＿＿＿＿＿＿＿＿＿＿＿＿＿＿＿＿＿＿＿＿＿＿＿＿＿

   聯絡電話：＿＿＿＿＿＿＿＿＿　手機：＿＿＿＿＿＿＿＿＿

6. E-mail信箱：＿＿＿＿＿＿＿＿＿＿＿＿＿＿＿＿＿＿

   □同意　□不同意　免費獲得寶瓶文化叢書訊息

7. 購買日期：＿＿＿ 年 ＿＿＿ 月 ＿＿＿日

8. 您得知本書的管道：□報紙／雜誌　□電視／電台　□親友介紹　□逛書店　□網路　□傳單／海報　□廣告　□瓶中書電子報　□其他

9. 您在哪裡買到本書：□書店，店名＿＿＿＿＿＿　□劃撥　□現場活動　□贈書　□網路購書，網站名稱：＿＿＿＿＿＿＿　□其他＿＿＿＿＿＿

10. 對本書的建議：（請填代號　1.滿意　2.尚可　3.再改進，請提供意見）

    內容：＿＿＿＿＿＿＿＿＿＿＿＿＿＿

    封面：＿＿＿＿＿＿＿＿＿＿＿＿＿＿

    編排：＿＿＿＿＿＿＿＿＿＿＿＿＿＿

    其他：＿＿＿＿＿＿＿＿＿＿＿＿＿＿

    綜合意見：＿＿＿＿＿＿＿＿＿＿＿＿＿＿＿＿＿＿＿＿＿＿＿＿＿＿＿＿＿＿＿

11. 希望我們未來出版哪一類的書籍：＿＿＿＿＿＿＿＿＿＿＿＿＿＿＿＿＿＿＿

讓文字與書寫的聲音大鳴大放

寶瓶文化事業股份有限公司

（請沿此虛線剪下）

廣 告 回 函
北區郵政管理局登記
證北台字15345號
免貼郵票

寶瓶文化事業股份有限公司 收

110台北市信義區基隆路一段180號8樓

8F,180 KEELUNG RD.,SEC.1,

TAIPEI.(110)TAIWAN R.O.C.

（請沿虛線對折後寄回，或傳真至02-27495072。謝謝）